미학의 즐거움

미학의 즐거움 <u>김연수 시와 캘리그래피</u>

초판 1쇄 발행 · 2026년 2월 10일

지은이 · 김연수

펴낸이 · 최성훈

펴낸곳 · 작품미디어

신고번호 · 제2020-000047호

주소 · 서울시 동작구 상도로 62가길 15-5(상도동)

메일 · jakpoommedia@gmail.com

블로그 · https://blog.naver.com/cshbulldog

전화 · 010-8991-1060

ISBN · 979-11-991417-6-6 (03810)

미학의 즐거움

김연수 시와 캘리그래피

작품미디어

미학의 즐거움

어린 시절, 나는 늘 자연을 벗 삼아 살아왔다. 햇살이 들던 들판, 나무 사이로 스며드는 바람, 그 모든 것이 나에게는 스승이었다. 그 속에서 나는 '녹색'을 가장 먼저, 가장 깊이 사랑하게 되었다. 녹색은 나의 마음을 가장 편안하게 감싸주는 색이며, 삶의 시작을 닮은 빛이었다.

자연은 언제나 나에게 아름다움의 기준이었다. 꽃이 피고 지는 순환 속에서, 새벽의 안개와 석양의 여운 속에서 나는 미(美)의 의미를 배우고, 그것을 삶의 언어로 받아들였다. 그렇게 나의 감수성은 예술로 피어나며, 세상과의 관계를 더욱 깊이 느끼게 해주었다.

미학은 단지 눈으로 보는 아름다움이 아니다. 그것은 마음으로 느끼는 철학이며, 삶을 이해하는 방식이다. 우리가 살아가는 모든 순간 속에서 아름다움을 발견하려는 태도, 그것이 바로 내가 추구해 온 미학의 길이었다.

　이 길을 따라 나는 세 권의 책을 써 왔다. 그리고 이제 네 번째 책, 『미학의 즐거움』을 펴내며 그동안의 여정을 한 걸음 더 확장하고자 한다. 이 책은 단순한 기록이 아니라, 자연과 예술이 나에게 가르쳐준 삶의 철학을 담은 또 하나의 여정이다.

　비록 부족한 부분이 많을지라도, 나는 이 책을 통해 다시 한번 내 안의 창의력과 감수성을 일깨우고 싶었다. 하루하루 쌓인 사유와 경험이 한 편의 시처럼 엮여 누군가의 마음에도 잔잔한 울림이 되기를 바란다.

　미학의 즐거움은 멀리 있는 것이 아니다. 바로 지금, 우리가 살아가는 이 순간 속에서 세상을 사랑하는 마음으로 피어나는 조용한 행복이다. 그 마음으로 나는 오늘도, 나만의 언어로 세상을 그리고자 한다.

차 례

제2부 빛과 그림자

삶, 생동하는 봄

가족의 힘

대가족과 핵가족,
과거와 현재, 가족 구성 변했다지만
그것은 기쁨의 원천

그곳에서 시작되는 교육은
기본의 기본, 품격과 내면이 아름다운
인격체를 기르지

고단한 현대의 삶은
나 하나의 독립적 이기심으로
살 수밖에 없다지만

풍족하지 않아도
가족 힘으로
뭉쳐 살았던 시절

가족이 함께 도란도란 꽃피우며
서로 아끼던 위로, 파도를 이기는 방파제보다
더 큰 힘이 되리라

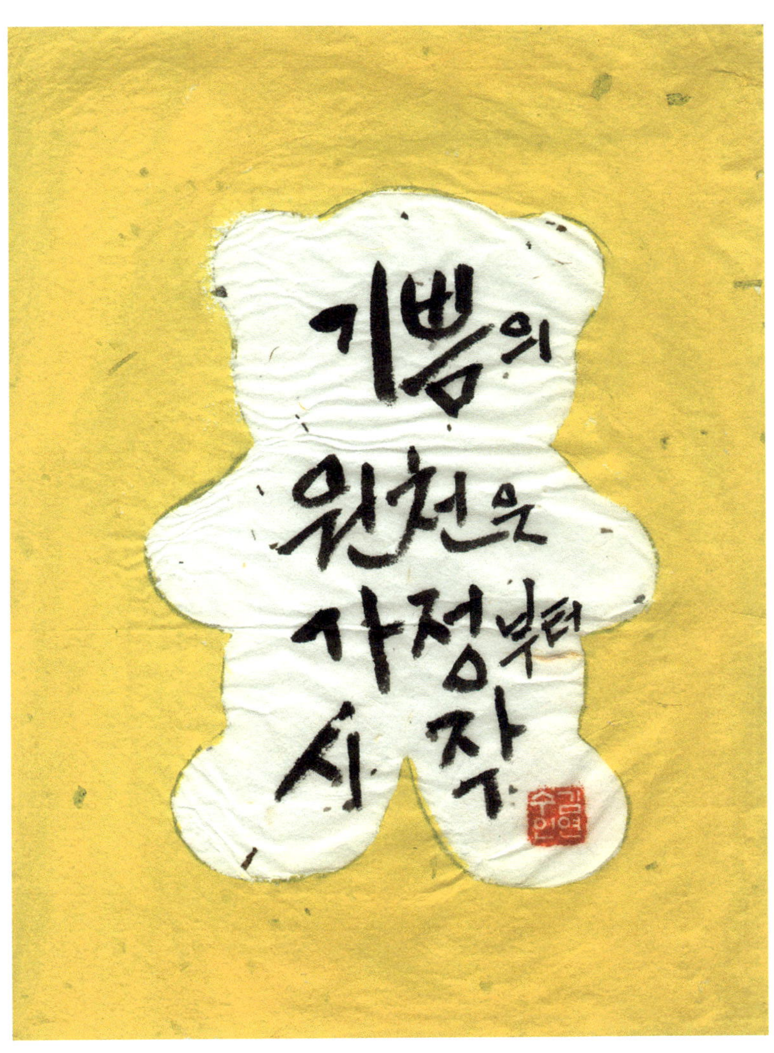

기쁨의
원천은
사정부터
시작

내공

노년의 품격은
내면의 힘
그 사람의 발자취
숨기려 해도
표출되는 자태

돈도 명예도 아닌
그런 인격체
부족한 나 또한
인격을 다듬어 가며
살아가리

월급봉투

계좌로 넘겨받은

남편이 보내준 생활비

누런 월급봉투

옛 추억이 떠오르네

야근하면 힘은 들었지만

여윳돈 생겨

좋았던 시절

첨단을 달리는 시대

옛날 사람 고리타분하다고 하지만

스마트폰으로 모든 은행일

초고속 처리하면 쉽고 편하겠지

그래도 누런 봉투로 월급 받던 그날만은

행복 두 배인 그 기분,

절대 모르리

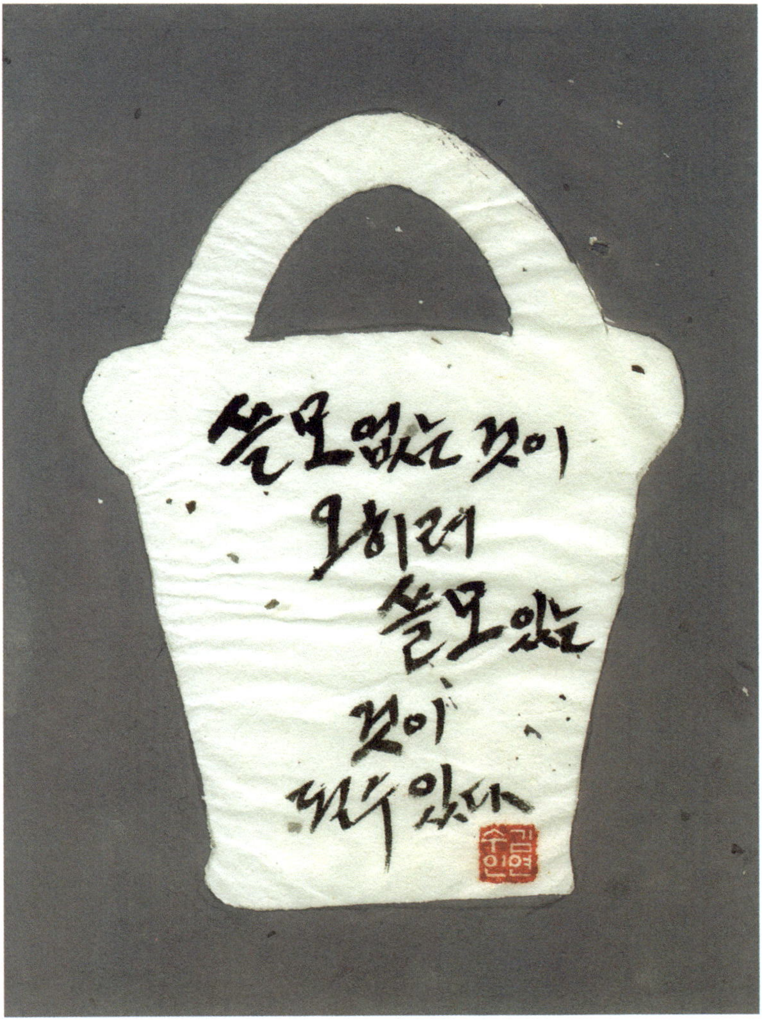

쓸모없는 것이
오히려
쓸모있는
것이
될수 있다

공존 시대

과거 속에 현재가 있고
미래가 있다
차이를 인정하며
조화롭게 공생하는

서로 다른
문화, 인종, 종교, 가치관을
가진 사람들이 서로 존중하고
인정하며 평화롭게
하나가 되는 삶

복잡다단한 공식 많겠지만
이것이야말로 현대사회의 필수
풍요로운 삶을 누리며
사는 방법이 아닐까?

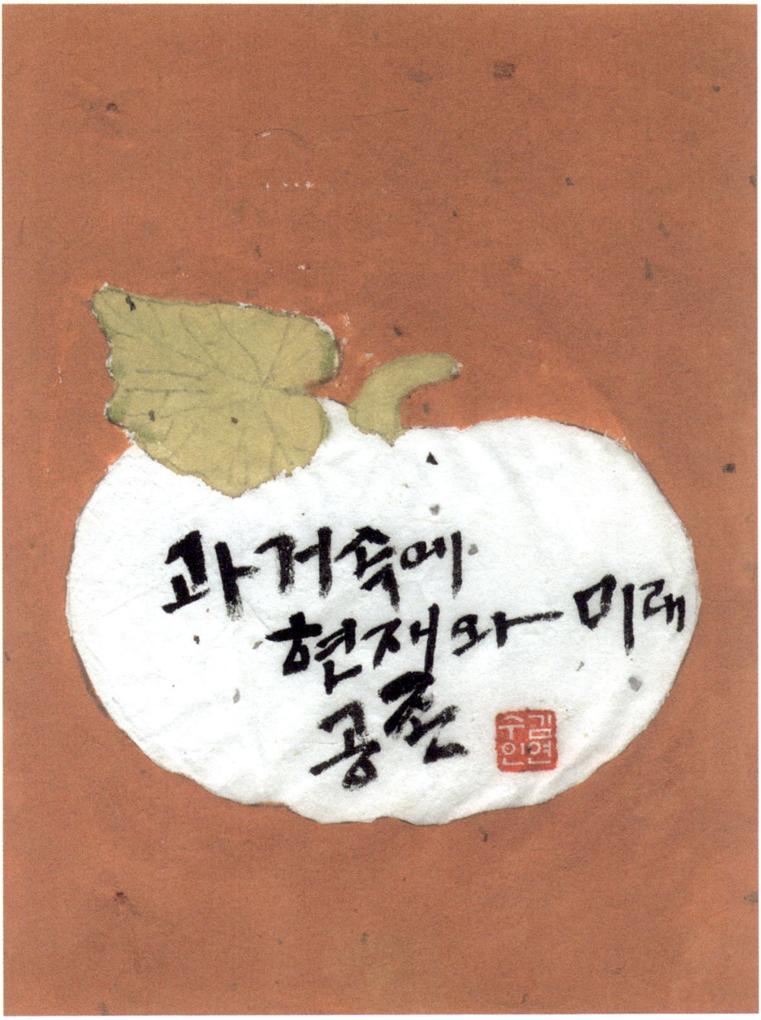

과거속에
현재와 미래
공존

만족한 삶

세상이 참 많이 변했다
부족한 옛 시절엔
꿈보다 현실에 맞추어
당연히 수긍하며 살아왔다

그 시절로 되돌아가면
지금의 편리한 생활을 모두 잊고
그 불편과 부족함을 받아들이며
자연스럽게 살 수 있을까?

지금은 문명이 첨단화된 시대
나 또한 쉽게 살아가고 있는데
편리와 편의가 넘쳐나고 모자람이 없는 생활
만족한 삶을 산다고 할 수 있을까?

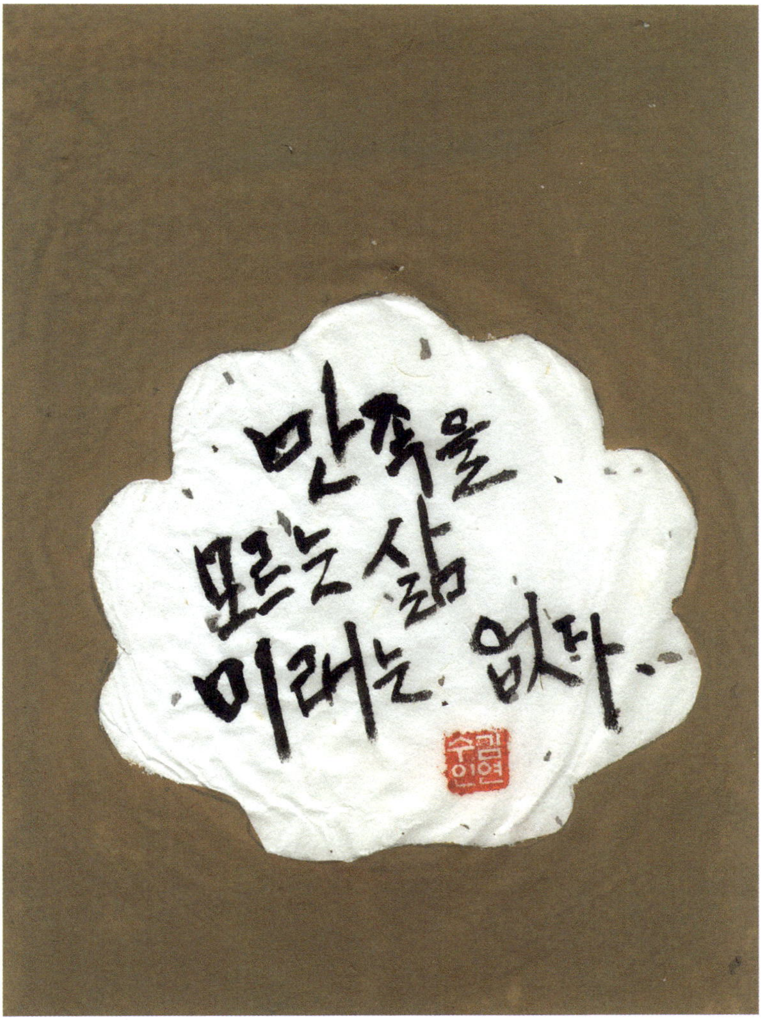

만족을
모르는 삶
이래는 없다.

잠재력

잠재력은 사람만의 특권

환경 때문, 시간 때문
이제 너무 늦었지
되돌릴 수 없는 소중한 시간
흘려보내는 건
그만

언제나 시작이 반

나를 긍정하는 힘
기본이 되어
보람찬 시간을 보내면
당신 안의 힘,
잠재력은 누구에게나 나타난다네

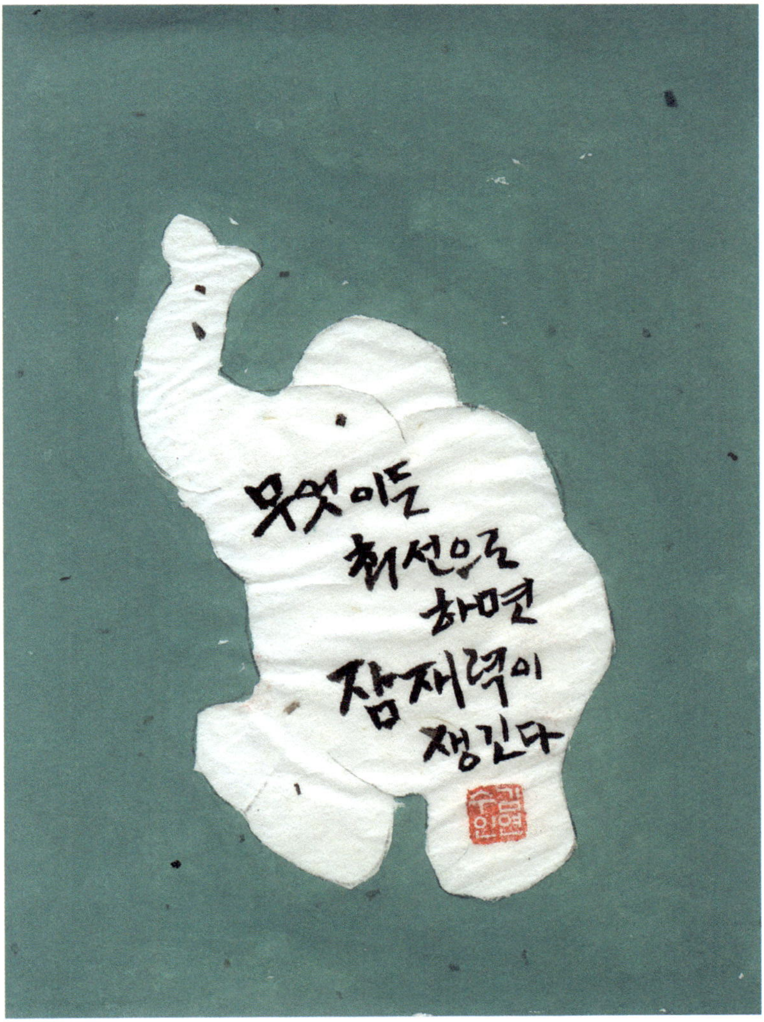

무엇이든
최선으로
하면
잠재력이
생긴다

습관은 무의식

습관이 오래되면
마침내 천성이 된다

몇 달간 힘들어도
행동으로 실행하면
몸은 무의식적으로 움직인다

처음엔 힘들었지만
이제는 새벽이면 늘 하는 대로
익숙한 행동이 이어진다

나 자신을 단단하게
이끌어 주는 알찬 새로운 하루
오늘도 최선을 다하리

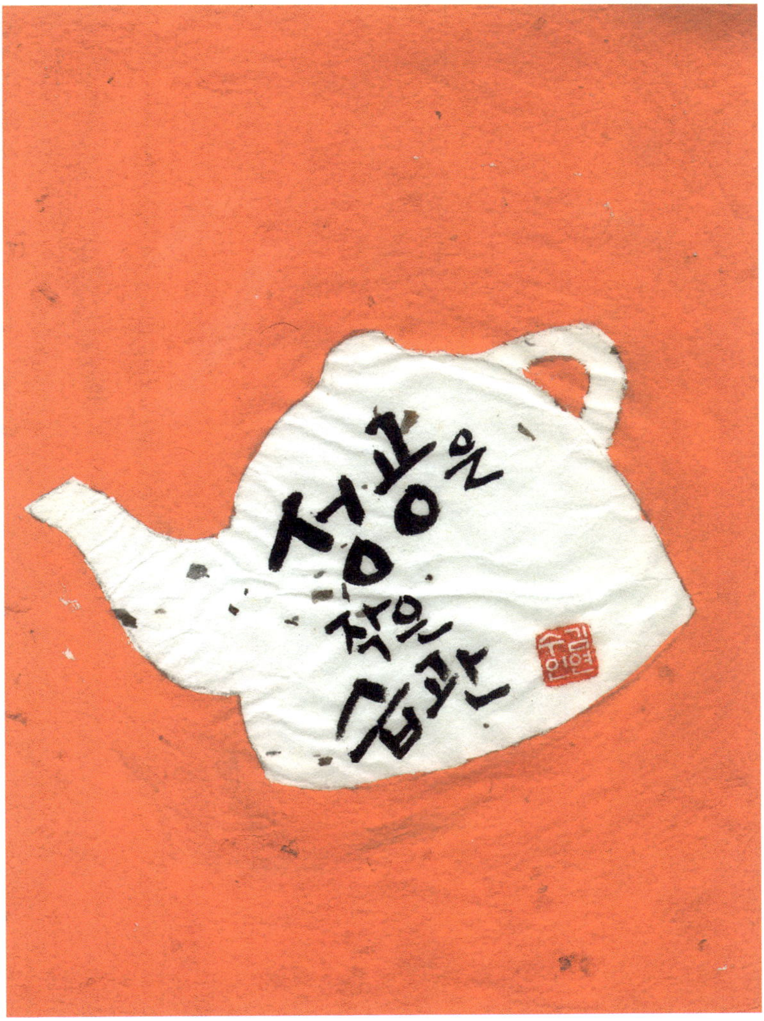

고수의 길

반평생을, 좋아서
보낸 예술의 길

앞만 보고 달리다 보니
어느새 강산이 세 번
바뀌었네

늘 부족한 마음
나만의 작품에 몰두
완성된 작품을 보면

고수의 길, 멀고도 먼
혼자만의 길이었네

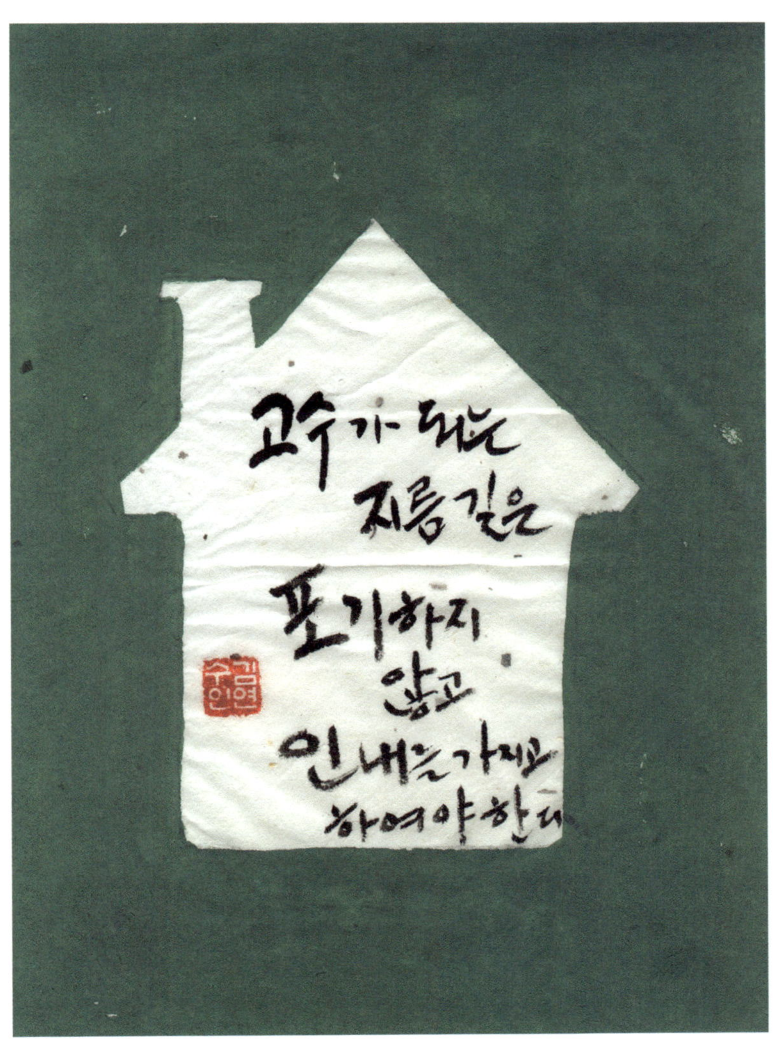

고수가 되는
지름길은

포기하지
않고
인내를 가지고
하여야 한다

나만의 철학

명예와 돈을 거머쥔

강자의 자리

약자에게는 늘 갑이지

자본주의에서의 삶은

물질 만능주의

강자의 삶이란

공중에 펄럭이는 깃발 같은 게 아닐까?

바람도 멈추면 움직이지 못하는

때와 상황에 맞추어

최선을 다하고 살아온 삶

바람이 없어도

스스로 나부낄 수 있는

그것이 진짜 인생이지

나를
지키는건
나자신 뿐

평생 행복

행복은 행복을
불행은 불행을

행복한 사람은 늘 긍정적
마음가짐

불행한 사람은 늘 부정적
생각에 집착

자기 안에 키우는
마음의 갈등,
무엇에 양식을 던져줄까?

행복한 사람은
평생 행복한 마음을 품고
평생 행복을 지키며 살고자 하지

교만은
실패 부르고
겸손은 이익
받는다

잠시도 멈추지 않네

늘 바쁘다는 핑계로

언젠가는, 조금만, 나중에

미루며 살아가고 있지만

시간은 기다림도 멈춤도

하지 않고 직진만 하네

무엇이든지 원하는 바

늦기 전에 스스로 깨달아야 하네

시간은 무엇과도 바꿀 수 없다는 걸

알게 됐을 때

새로운 행동을 시작한다네

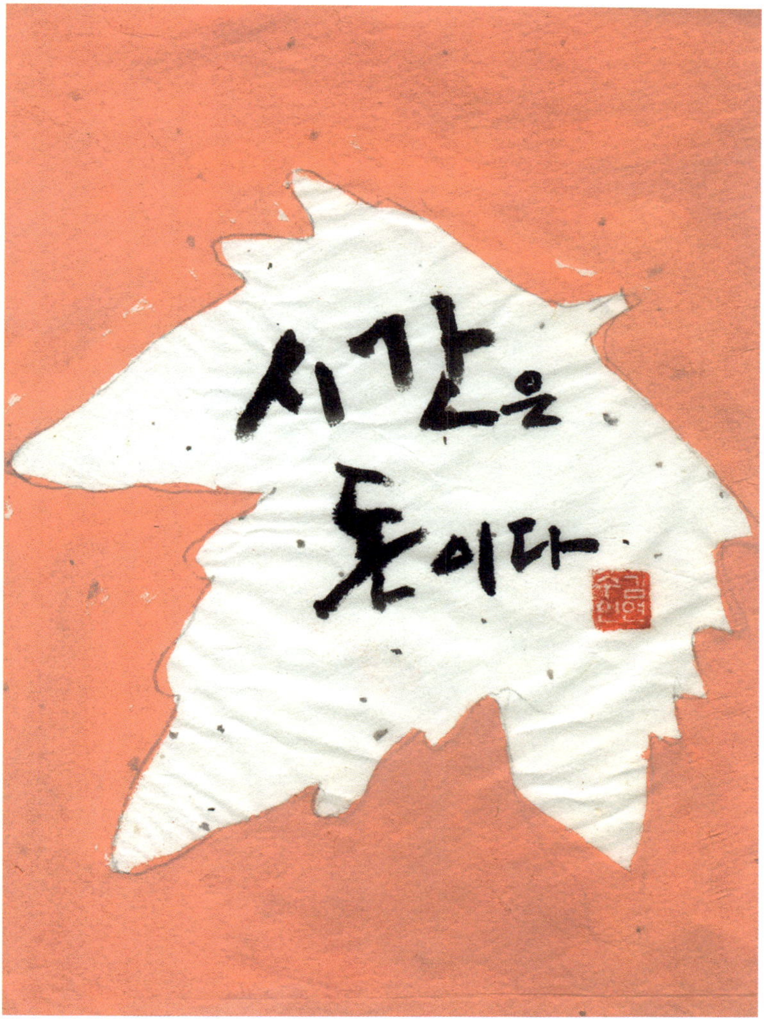

시간은
돈이다

꿈대로

34

철없던 소녀 시절
부족한 생활이
전부라 생각하며
감히 큰 꿈 품지도 못했다

요즘 청소년들이
꿈대로 실행하며
나아가는 모습을 보면

풍족한 세상에서 자란 이들이
성숙하게 자기 개성과 가능성을
이끌어 가는 게
대견스럽기만 하다

꿈은
자아의 실현

작은 실수

먹물 한 방울
화선지에 번져
내 생각을 어긋나게 한다

생각과 손길은
서로 당기며
주장을 앞세운다

작은 점 하나 실수로
전체가 다르게 표현되었으니
이를 어쩌리

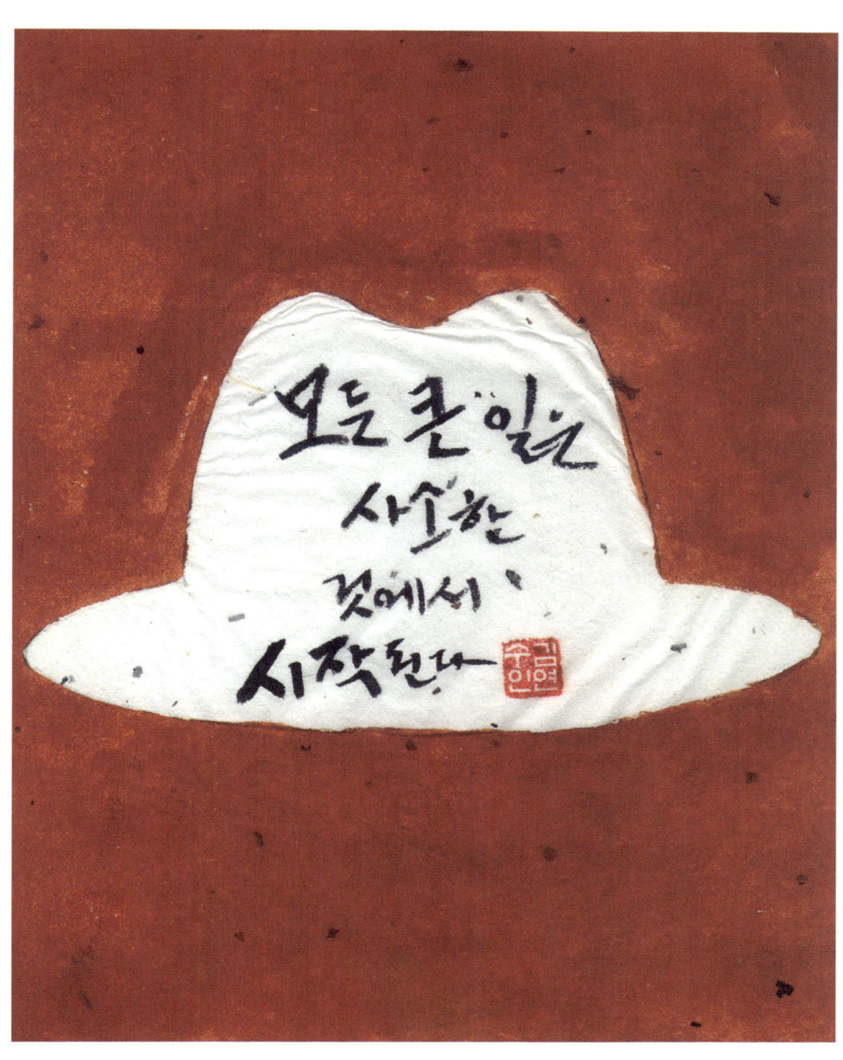

모든 큰 일은
사소한
것에서
시작된다

강력한 힘

뇌가소성은
최소한 90세까지도
계속된다고 하지

그러니
늦은 나이는 아니란
새로운 깨우침,
하여 생각에 머물지 않고
실행을 목표로

오늘
다시 한번 용기를
내본다네

생각보다,
강력한
실행의
힘

초자연적인 현상

자신의 능력을 다한 후
기적을 바라는 마음
정성의 대가

예컨대, 수험생 부모가 기도하는 마음
수험생 본인의 기적인가?
부모님 정성인가?

양쪽 정성과 최선의
능력이라 믿고 싶다
기적도 노력 없이
쉽게 주어진다면
인간이 증명할 수 있을까?

기적을 경험하지 못한
나로서는
노력 없는 성취에 의심만 들뿐

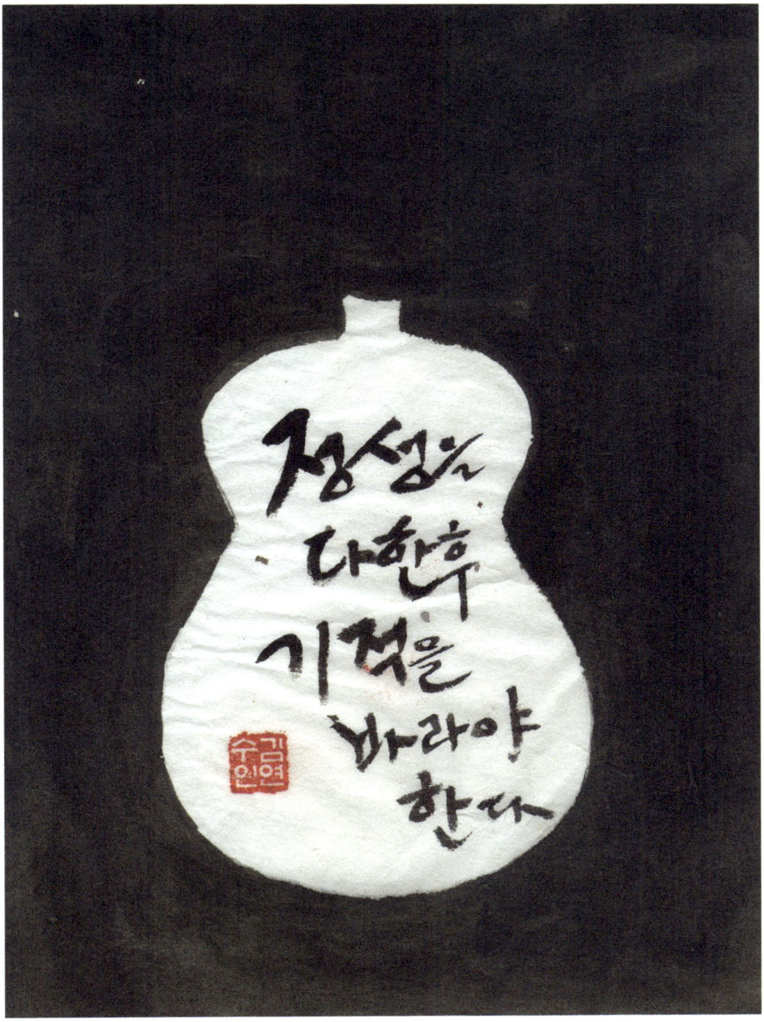

정성을
다한후
기적을
바라야
한다

목표는 묵묵히

42

절차와 과정을 무시하고
결과만 좋으면 된다는
생각은 오래가지 못 한다

근본이 반듯하면
한 걸음씩 내딛는 걸음
목표를 향해 다가가는 길 아닐까?

하루아침에 모든 걸
완성할 수는 없겠지만, 자신감 가지고
실력을 쌓는 게 최고의 힘

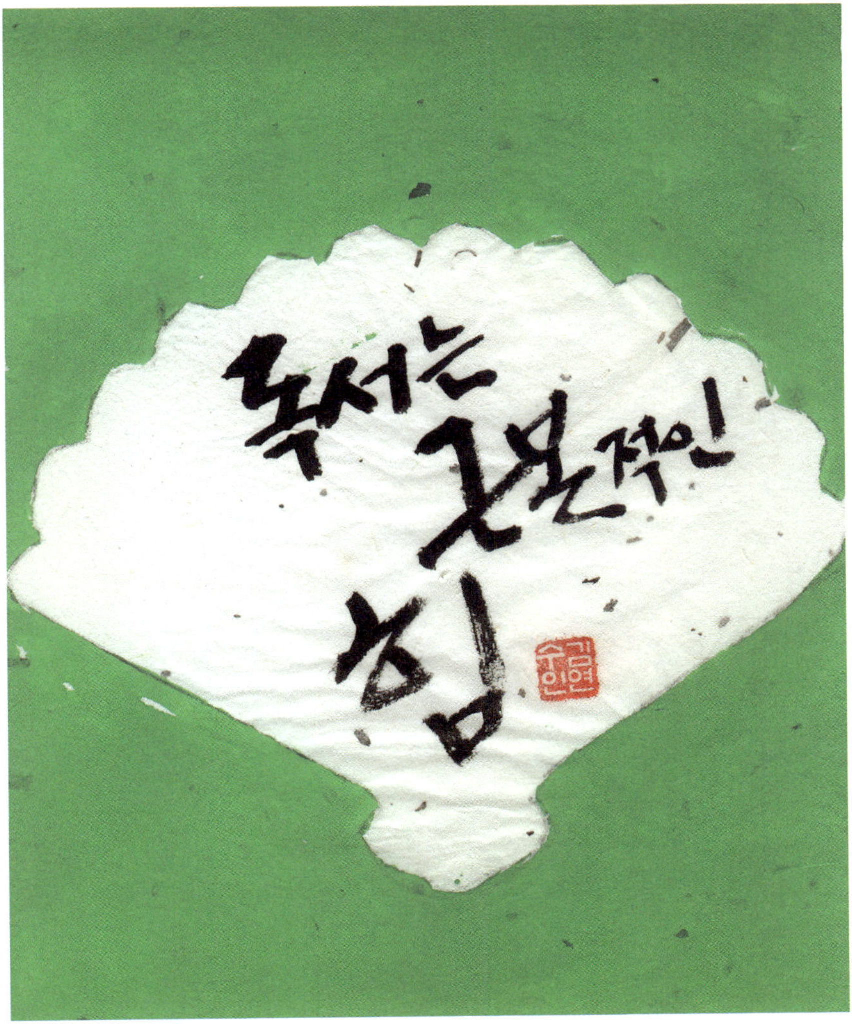

충실한 삶

선(善)과 악(惡)

인간의 행동으로

이해할 수도 이해해서도 안 되는 사건들

미디어 매체마다 쏟아지는 뉴스들

세계 곳곳에서

선과 악의 경계를 넘는

끔직한 소식이 넘쳐난다

세상이 점점 완악해진다

그래도 백세시대라는 요즘

선인(善人)으로 충실하게

삶의 등불을 밝히는 분들 덕분에

조금 따뜻한 삶의 온도를 유지할 수 있나 보다

맹자는 말했다

인간은 본래 선하게 태어나지만

환경으로 인해 악해질 수 있다고

본성을 회복할 후천적인 노력이 필요한 이유다

인간 본성을 선하게 이해한

선인(先人)의 말씀, 참 긍적적이지만

현대사회의 윤리적 정의, 우리 안에 공존하는지

내게 남는 의문 한 조각이다

긍정적 생각

습관이 된 긍정적 생각
뇌 신경 세포를
건강하게 바꾸고, 뇌 능력 또한
더욱 높여준다고 하지

인생 황혼을 지난 이들도
긍정적 마음과 뇌 성장 활동을
멈추지 않는다면

치매도 접근하지 못하고
건강한 뇌와 긍정적 생각이 만드는
젊은 창의성 샘솟는다고 하지

그러니
부정적 마음을 비우고
긍정적인 생각을 계속하면서
살아가는 게 최고

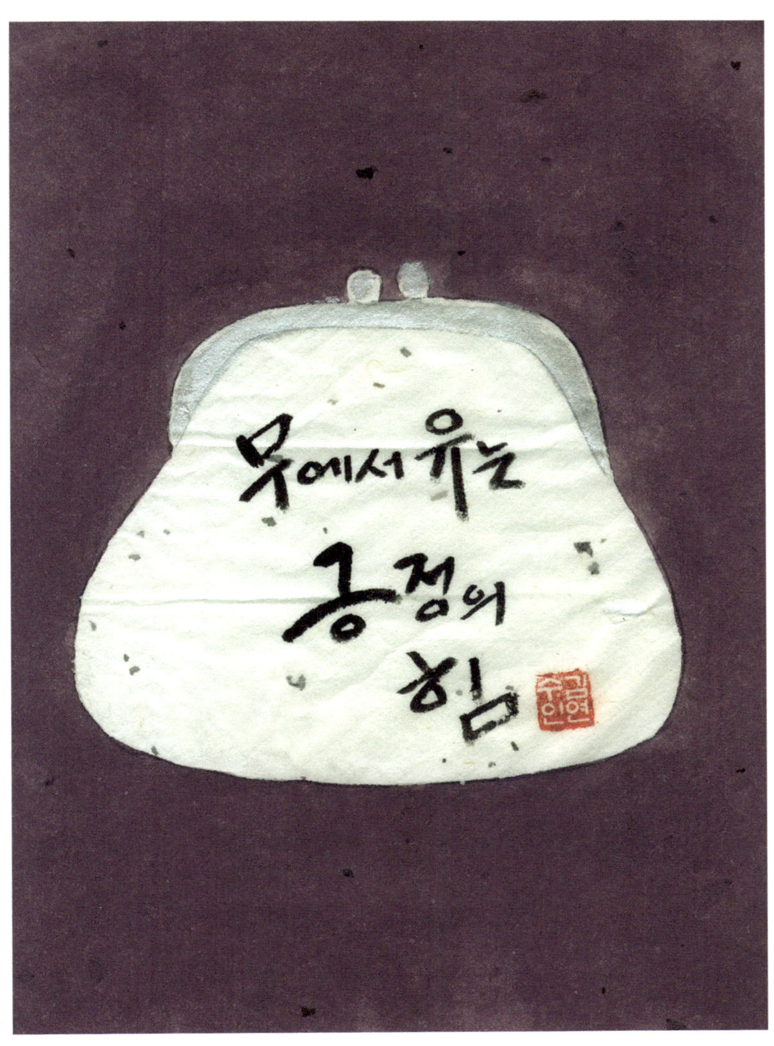
무에서 유는
긍정의
힘

외길

무심결에 흘러 흘러
평생 동고동락으로
걸어온 외길
좋아서 온 길
우회하여 왔다면
금의환향 길이 되었을까?

아니야,
곧장 가는 길이
남은 인생의 꽃길이 되지
끝날 때까지
동고동락
동반하리

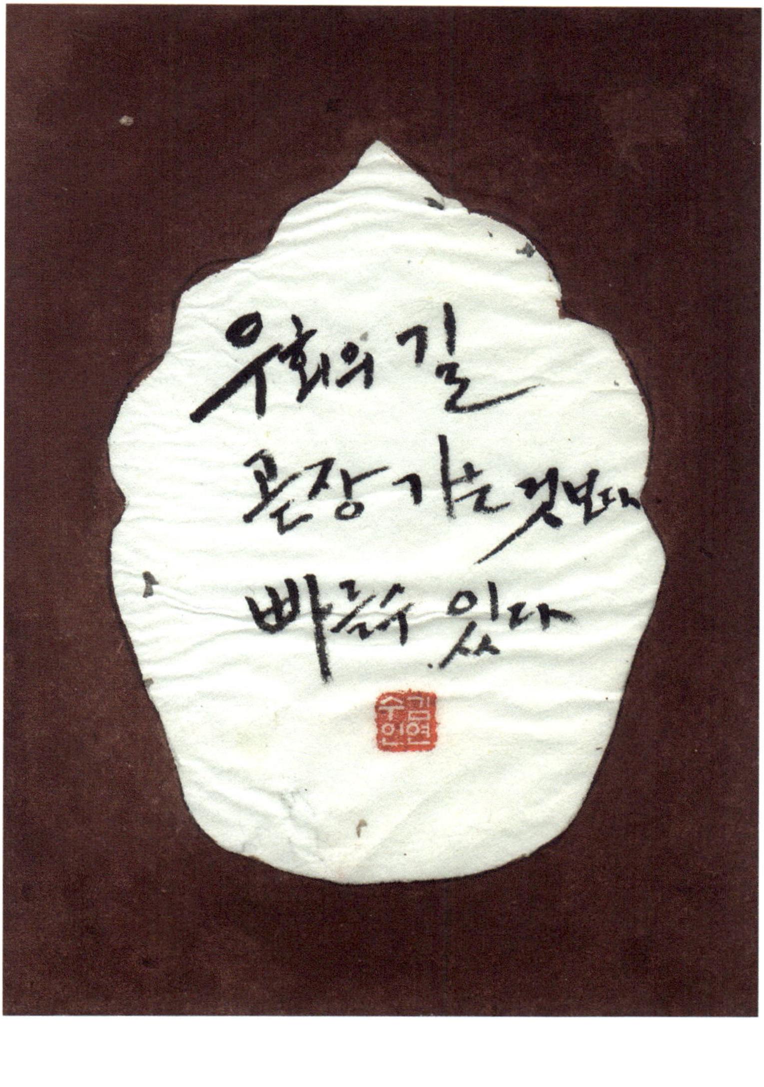

우회의 길
돌아가는 것보다
빨라 있다

상처

시시각각
촉각을 곤두세우고 산다면
인간의 능력엔
한계가 있지

어떤 대상에 대한
믿음이 갑자기 허물어질 때
마음은 갈기갈기 찢겨

충격과 실망에 힘을 잃을 때
산란한 마음
단단히 붙들어

타인의 행동에
상처받지 않고
내면을 다스리며 살아가는
지혜를 찾아야겠네

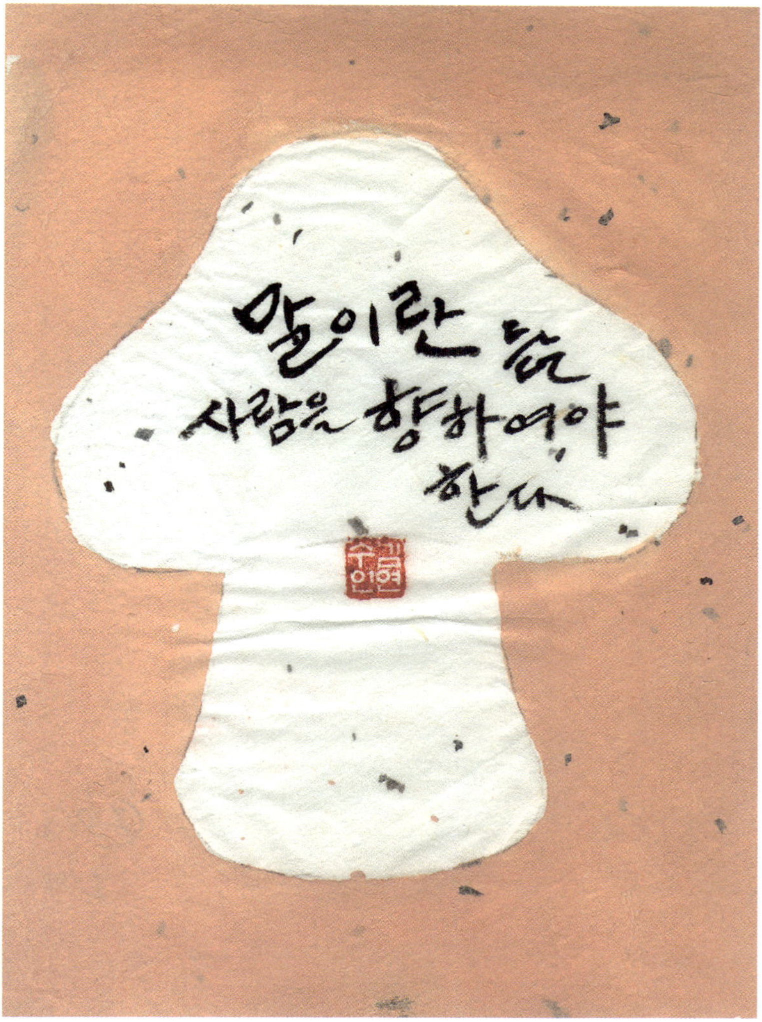

말이란 늘
사람을 향하여야
한다

시시비비

민감하게 따져 가리려 하며
살아본 적 있었던가

무탈 없이 지나온 시간
인복 많은 덕분에

큰 시시비비 상황
만들거나 겪지 않고 살아온 날들

앞서가는 성품도
못 되는데

남은 삶도 너그러운 마음으로
둥글게 살고 싶네

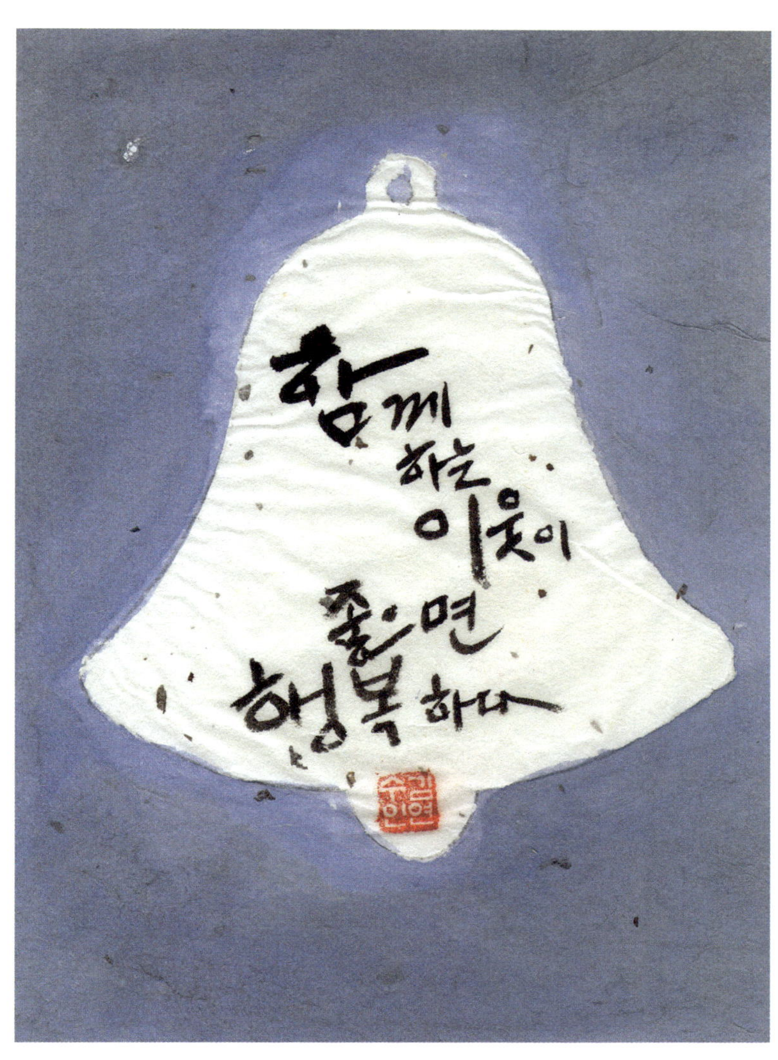
함께
하는
이웃이
좋으면
행복하다

얼굴은 마음

54

얼굴은 그 사람이
걸어온 길

아름다움
우아함
사악함
사랑스러움
고상함

어떠한 얼굴 모습도
그가 살아온
마음의 거울
평생 걸어온 인생
나의 길은?

삶은
성숙하는 봄이다

빛과 그림자

운명

서로 다른 길을 가는

각자의 운명은 무엇일까?

한결같이 존재, 노력, 기쁨, 설렘, 감사의

순간을 겪으며

살아가고 있지만

자신의 운명을 알 수 있는 이는 없다네

정해진 운명 또한 숙명

각자의 해석에 따라

다르게 해석되지만

운명과 숙명의 서로 다른 뉘앙스를 음미하며

자신을 바로 보면서 인생의 시간을

낭비하지 않는 게 현명하리

섬기며 사는
사람이
오래 산다

순리대로

태양은 천지를 밝히고
산은 사계절 변화
물은 아래로 흐르고
자연의 법칙에 따라
살아가는 게 삶

헛된 집착과 미련
자연으로 돌아가는 길
무거운 짐이 될 뿐
가는 날까지 마음 비우고 무심으로
순리대로 살아가리

가던
길
계속 가는 것이
이롭다

진정한 승자

수없이 반복되는 연습이 위대함을 만든다
하루 연습 안 하면 내가 알고
이틀 안 하면 남이 알고
사흘 안 하면 하늘이 안다고 했지

어린 시절부터 자신의 힘으로
참된 승리의 영광을 안은 그 사람
그가 걸어온 삶에
나 역시 공감의 박수를 보낸다

대단한 승리자의 겸손한 경험
온 길 다시 돌아가고 싶지 않아서
현재의 생활에 최선을 다하며 살아간다는
그의 말

겨울 산을 울리는 얼음장 깨지는 소리처럼
내 마음에 번진다

아름다운 생활

개같이 벌어 정승처럼 쓰라는 속담
적은 소득으로 알뜰하게
살아온 생활 습성

산처럼 쌓아 둔 재물도
호사스러운 명예도
없지만

가족 건강을 우선으로 여기며
오늘 하루도
함께 살아가고 싶네

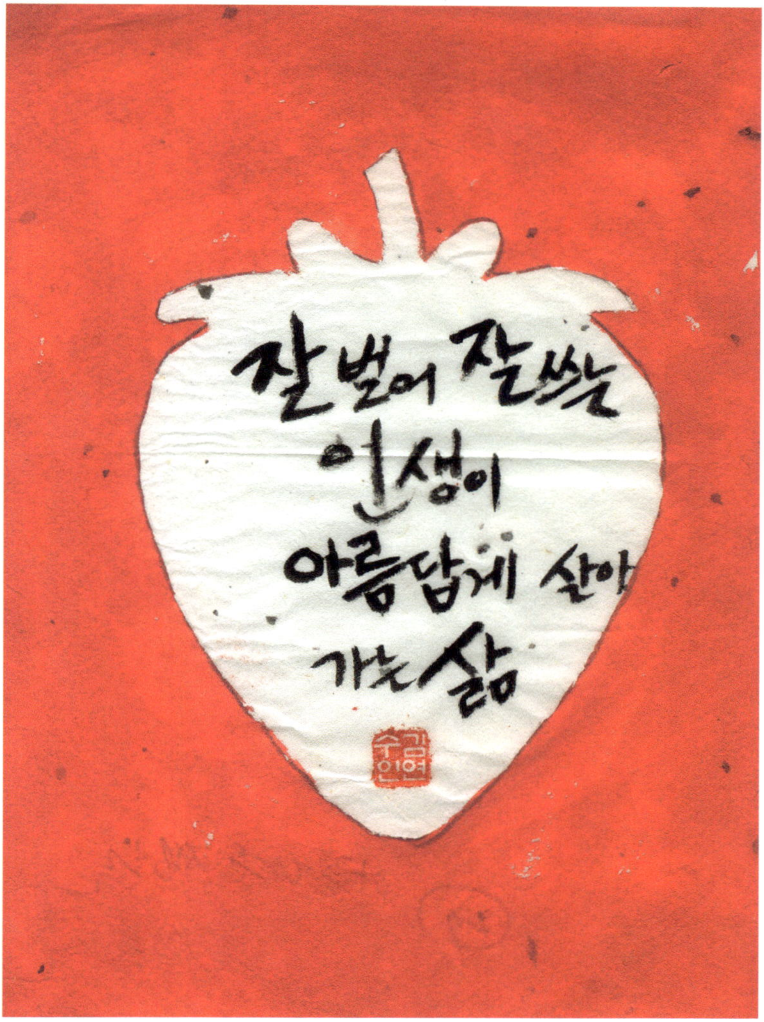

잘 벌어 잘 쓰는
인생이
아름답게 살아
가는 삶

빛과 그림자

태양의 빛과 그림자
천국과 지옥
환희와 슬픔
충만과 고독
그리고 공존

빛의 자리에 따라오는
그림자
강한 빛은
그림자를
사라지게 한다

빛은 감추고 키운
실력이 진짜
실력

나침반

벽 정면
희미하게 보이는 시계는
나의 몸을 움직이는
원동력

평범한 오늘이지만
빛나는 내일을 향해
나침반 되어
나만의 길로 이끌고

나를 환하게 비친
열정과 기대
오늘과 다른 더 환한 시간 속으로
한 걸음 내딛게 하지

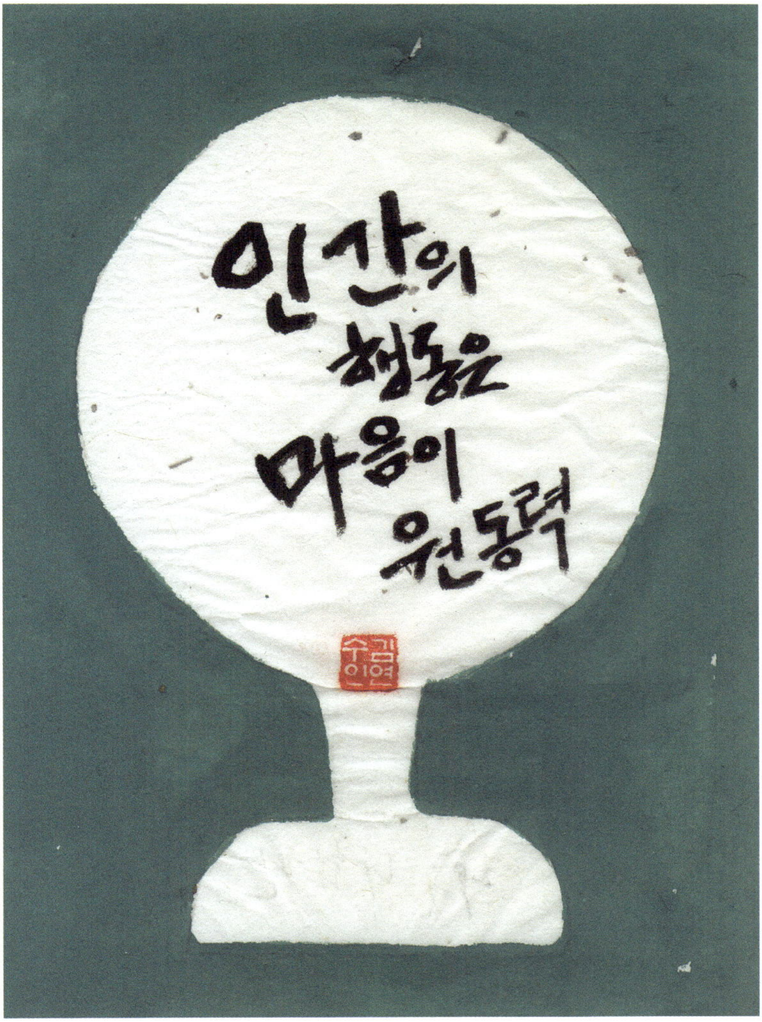

인간의
행동은
마음이
원동력

침묵

조금 어리석어
보이더라도
내 안에 생각 잠시
붙잡아 둘 수 있다면

슬픔이건 기쁨이건,
더러는 억울한 오해도
변명조차 하지 않고 묵묵히
입안에 맴돌게만 할 수 있다면

많은 말을 하고 난 후
갑자기 밀려드는 공허의 느낌보다
침묵하는 언어로 도달한 마음의 평정에
스스로 깊어질 수 있겠지

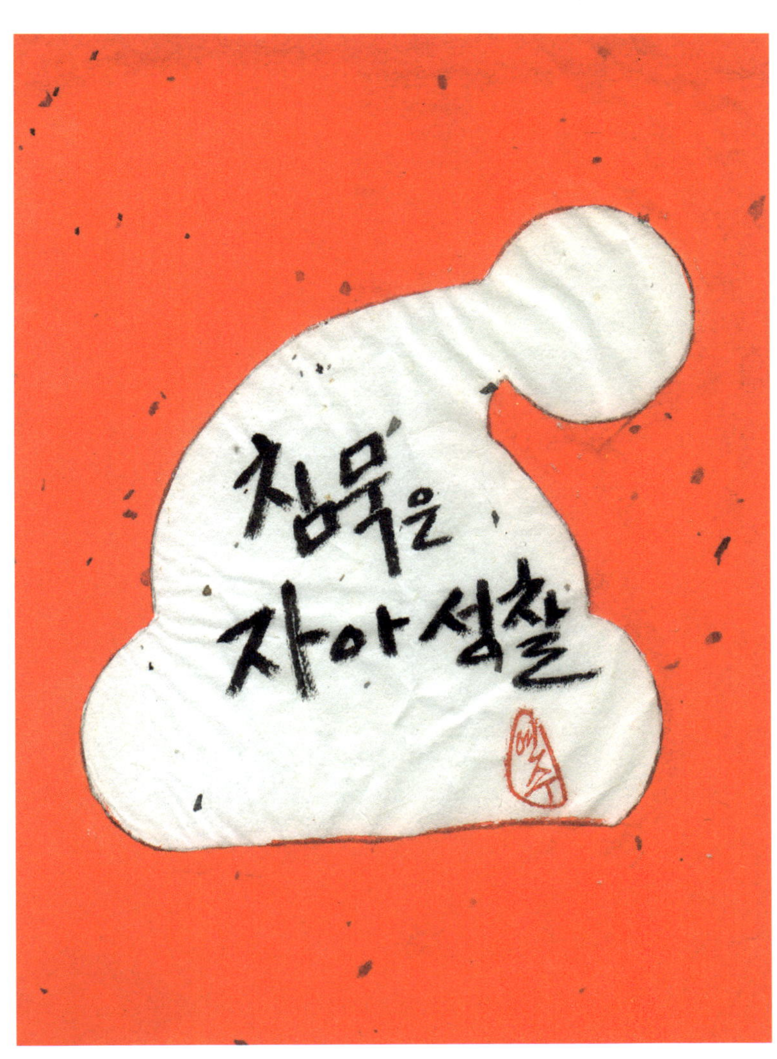

침묵은
자아성찰

이슬비

이슬비에 젖은 라일락 향기
그 청량함이 코끝에 스쳐가며
상쾌함이 느껴진다

자연 향수 뿜으며
오가는 행인
미소 지으며 유혹하는데

이슬비에 옷 젖어도
아랑곳하지 않고 향기에 취해
가던 길 멈추게 하네

스마일 미소
새해건강도 배

평범한 삶

예측할 수 없는 인생이다
백구과극(白駒過隙),
인생이란 백마가 달리는 것을
문틈으로 내다보는 것처럼 삽시간에 지나간다고 했지

쏜살같이 지나간
나의 시간 위에
하루가 또 스쳐 간다
돌아보면 평이하고 순탄했던 삶

시간은 평범한 무채색
어떤 그림을 그릴지는 스스로 결정해야 했네
과감한 채색을 위해 노력하던 순간들,
비범한 세계를 꿈꿀 수 있었지

돌아보니 평범했던 삶이었지만
도전, 실패, 좌절, 다시 도전하는
고통을 통해 깊어진
참 아름다운 시간이었네

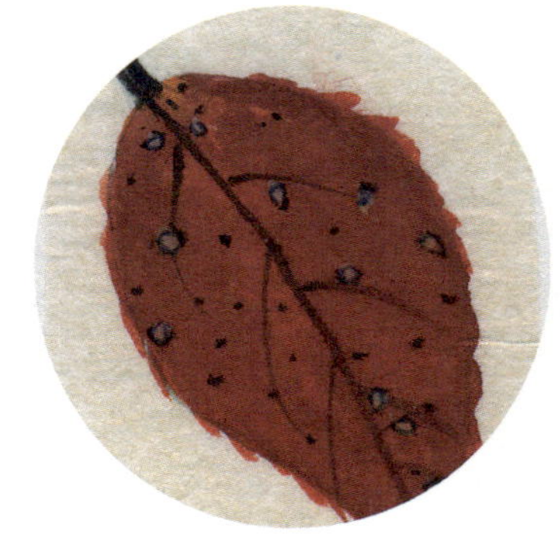

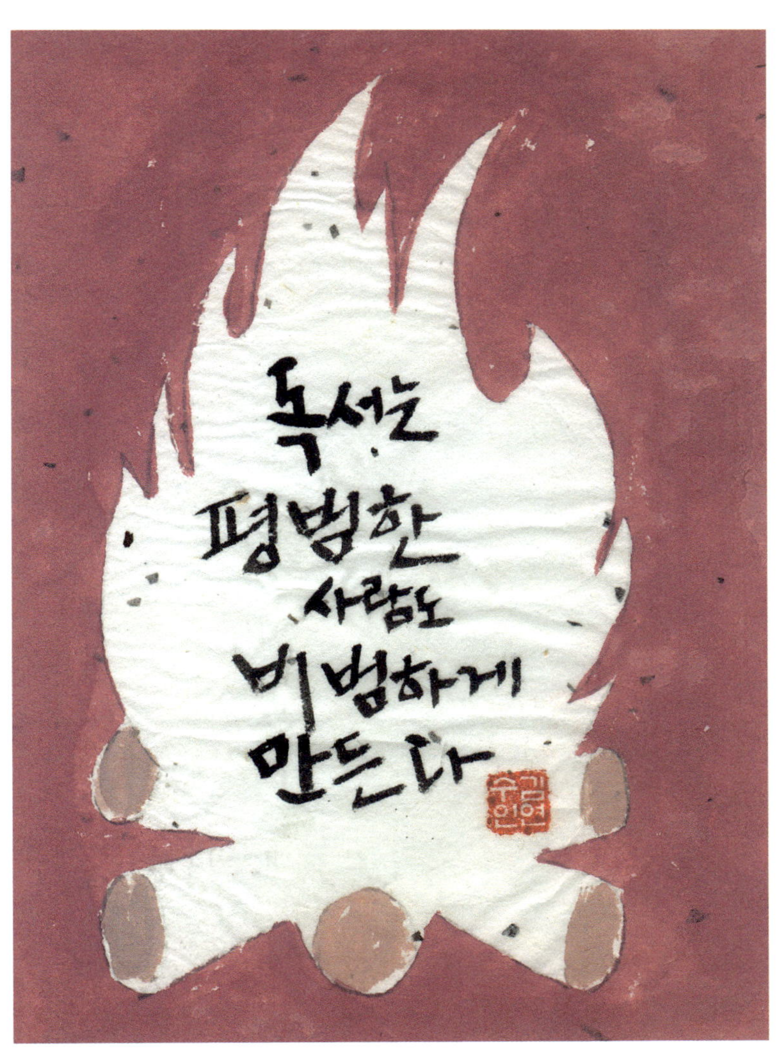

독서는
평범한
사람도
비범하게
만든다

가슴 속의 꽃

다정한 말 한마디에
세상 두렵지 않은

기(氣) 솟아나 가슴 속 꽃이
피는 순간

말보다 행동이 앞섰던
젊은 시절

그러한 감정과 행동 쉽게 할 수 없는
세월의 흔적

깊은 물 속 잠수하듯 차분한 마음
지난날의 회상(回想)

세월이 주는 여유로움
선물이 되었네

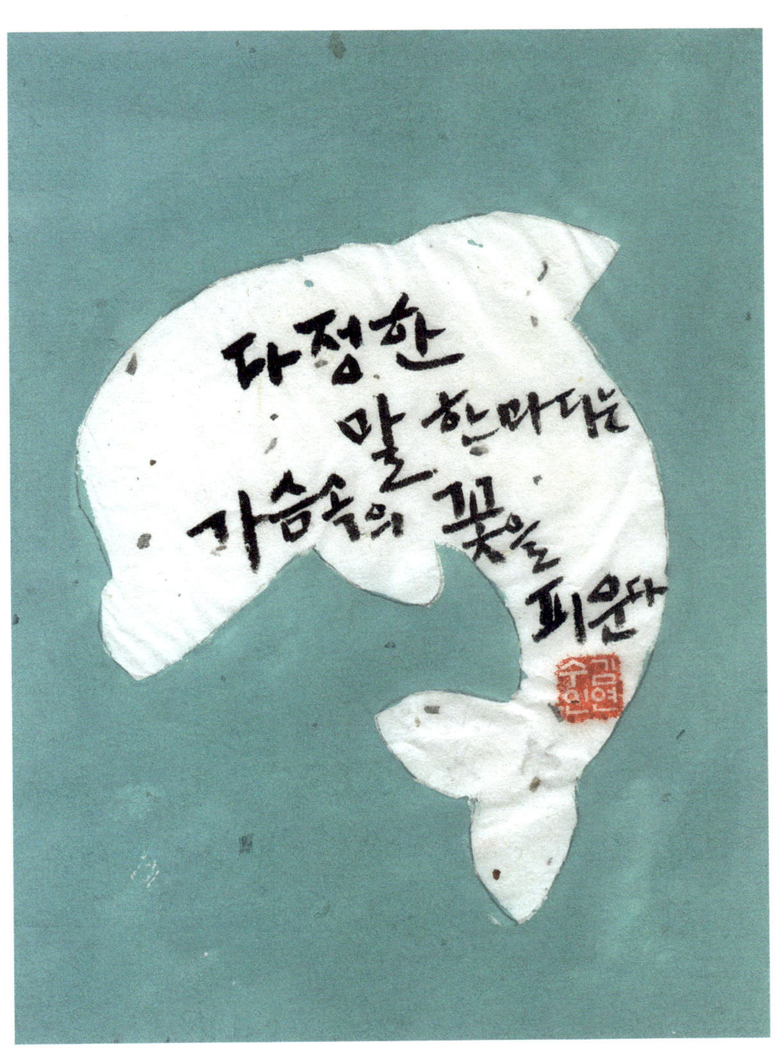

다정한
말 한마디는
가슴속의 꽃을
피운다

평생 아픔

내 안에서 일어나는 감정,
자신을 다스리지 못하고
상대방에게 분노를 발산했던
날들이 있었지

타인에게 입힌 큰 상처
가시를 뱉은 입술
회복하는데 많은 시간이
걸릴 수밖에 없게 되네

살다 보니 기쁨, 슬픔, 분노,
모든 게 인생 철학
감정의 적절한 표현과 발산,
마음의 중용을 지키며 사는 게 지혜

내 안에 깊이 잠재된
분노와 화의 파편들
이제는 안으로 가시를 삼키는 연습을 하며
그것들로부터 벗어나고 싶다

자신의
분노를
남에게
옮기지
마라

죄와 사랑

사랑은 희망

죄는 악몽

무수히 많은 시간

희망과 꿈으로 살았다

개인적으로 큰 악몽을 겪지는 않았지만,

지나간 세월 중

잊을 수 없는 몇 년의 순간들

코로나19로 누구나 힘들게 보냈던 세월

그 시간이 악몽같다

세계인 모두가

불면의 밤을 보냈다

다시는 이러한 병마와

싸울 일 없게

살아가길 소망한다

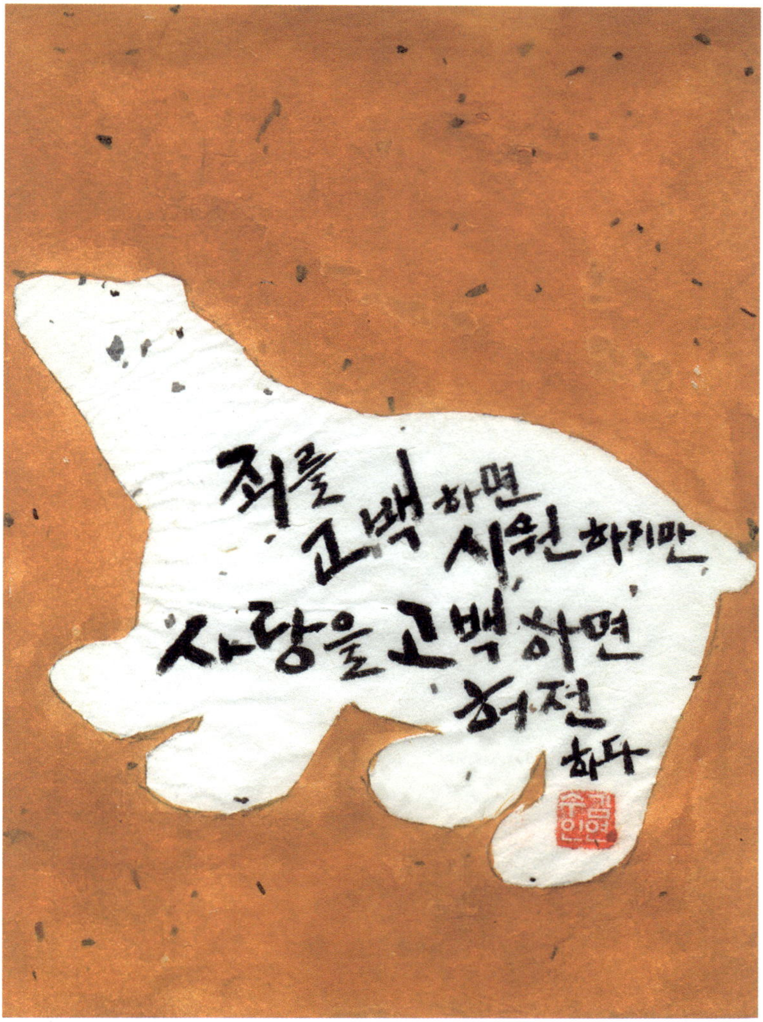
죄를
고백 하면 시원 하지만
사랑을 고백 하면
허전
하다
수연
김인

기회 균등

모든 사람에게는

차별 없이 고르게 기회가 주어진다

오직 노력만이 기회를

가능성의 세계로 만든다

최선을 다한 후 기회가 오면

승리의 길은 지름길

30년 전만 해도 중학교조차

다닐 수 없었던 청춘들이 있었지만,

이제는 의무교육으로

누구에게나 인생의 나침반이 생겼다

노력하는 만큼 얼마든지

자신의 꿈을 펼칠 수 있다

나 또한 여기까지 온 길이

쉽지는 않았지만,

늘 최선을 다하면서 주어진 기회를

놓치지 않으려 이 악물었다

함께해 준 짝꿍

늘 감사하며 살아가야지

기회는
노력한
자의 것

천직

모든 직업은 하늘에서 내려 준
신성한 직업이라고 여기며 걸어온 시간
지금 하고 있는 일을 천직으로 여기며
최선을 다하며 살았네

자부심을 지니고
저마다의 노력으로
끈기 있게 행동하고 도전해
큰 성공 이루신 분들, 고개가 끄덕

또한, 궂은일 하시는 분들
실제로 그분들이 없다면
나 또는 다른 누군가가 그 일을
직접 하면서 살아가야 하는데

그분들의 노고로 인해
생활과 삶이 편해졌으니
모든 직업은 소중하고 아름다운 것
우리는 하나 되어 살아가는 공동체다

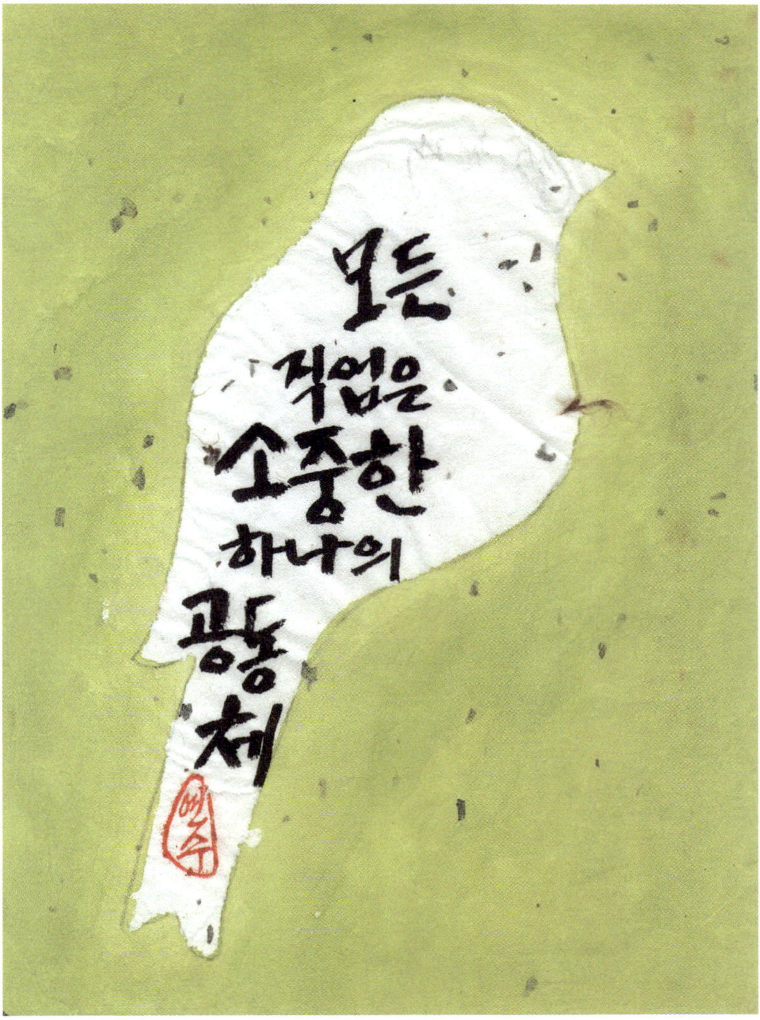

모든
직업은
소중한
하나의
공동체

주는 행복

받는 행복보다
주는 행복이
더 뿌듯함을 느끼게 한다

많은 걸 쥐고 있으면
행복하기만 할까?
베풀며 살아가는
넉넉한 마음
행복은 두 배

삶을 살아가는 일은
긴 여행과 같다지
작은 베풂
큰 행복 되어
먼 길 밝혀주리라

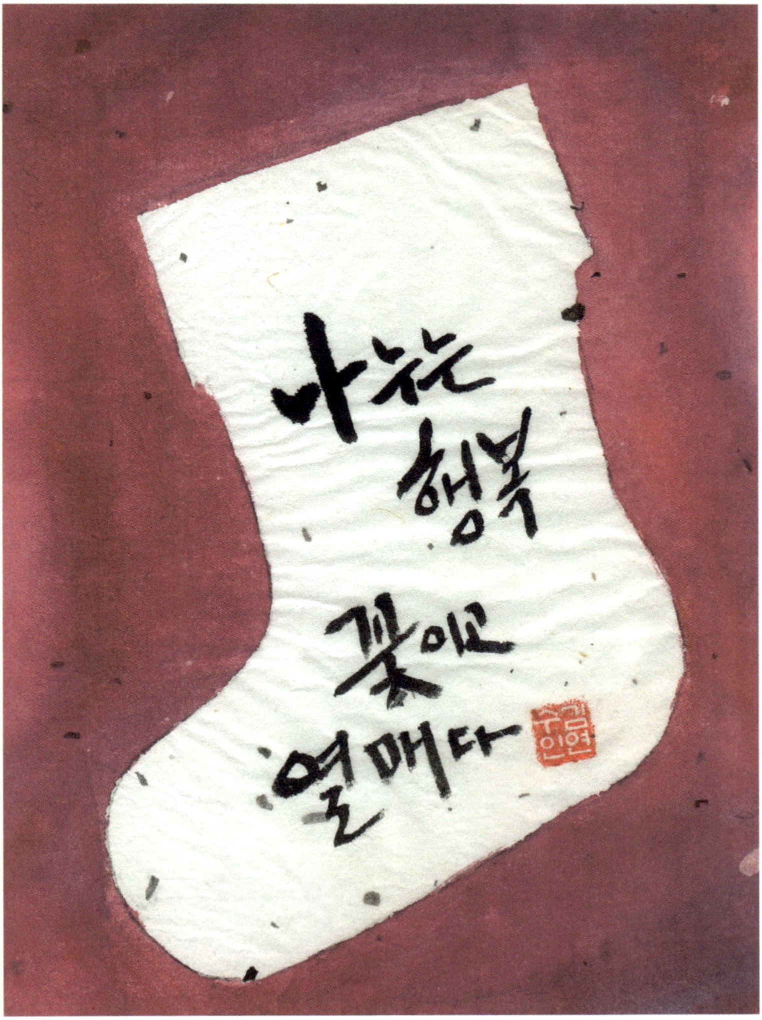

나花
행복

꽃이요
열매다

공치사

좋은 마음으로
아무런 사심 없이
좋은 일을 하다가
입을 통해 사라지게 하는 것은
무슨 꿍꿍이일까?

당장 눈앞의 이익에 매달려
빤하게 행동하는 모습
다툼과 분쟁만 낳을 뿐인데

리더는
도덕적 모범이 되어
덕으로 사람들을 행동하게 하면서
공동체의 바른길
제시할 줄 알아야 하는데…

정치는 덕으로
해야한다

살다 보니

그날그날 비슷해 보여도
오늘은 다시 못 올 하루

내일 하려고 미뤄뒀는데
내일은 오지 않네

노력한다고 다 되는 건 아니지만
노력조차 안 하면 아무것도 이룰 수 없지

미운 사람 희미한 과거
고마운 사람 또렷한 현재

받는 기쁨보다
주는 기쁨 더 크네

칭찬은 못 들어도
욕은 먹지 말아야지

태양처럼 살다가 노을처럼 사라지는
인생 살아가야겠네

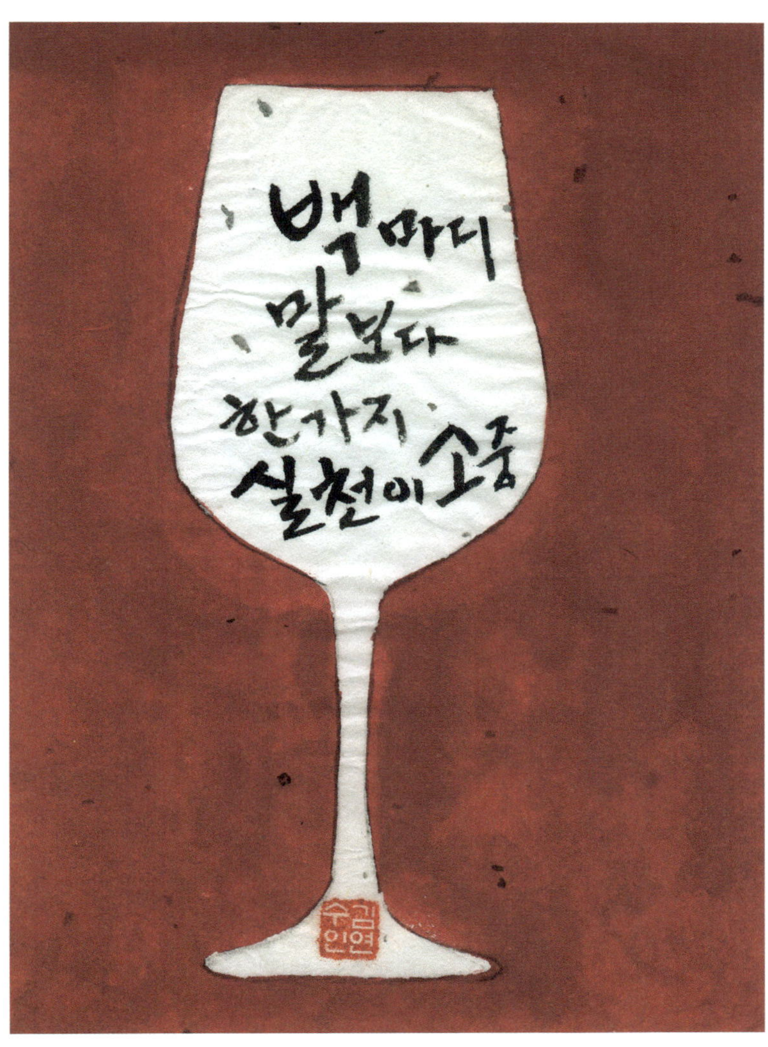
백마디
말보다
한가지
실천이 소중

기계와 인간

기계는 이제 도구가 아닌
우리의 감정과 판단, 창의성마저 모방한다
급기야 우리 존재의 경계를 시험한 AI가
시를 쓰고, 그림을 그리고
인간을 진단하고 위로한다

인간 기술로 만들어져
기술 그 이상의 세계가 된 기계
그것이 던지는 질문
인간의 고유 영역과 본질은 무엇일까?

기계가 결코 도달할 수 없는,
무쇠에서 탄생한 도구에 휘둘리지 않는,
나와 너, 우리의 정체성과 윤리를 지키는
지혜의 언어와 문법을
오늘도 찾아 나선다

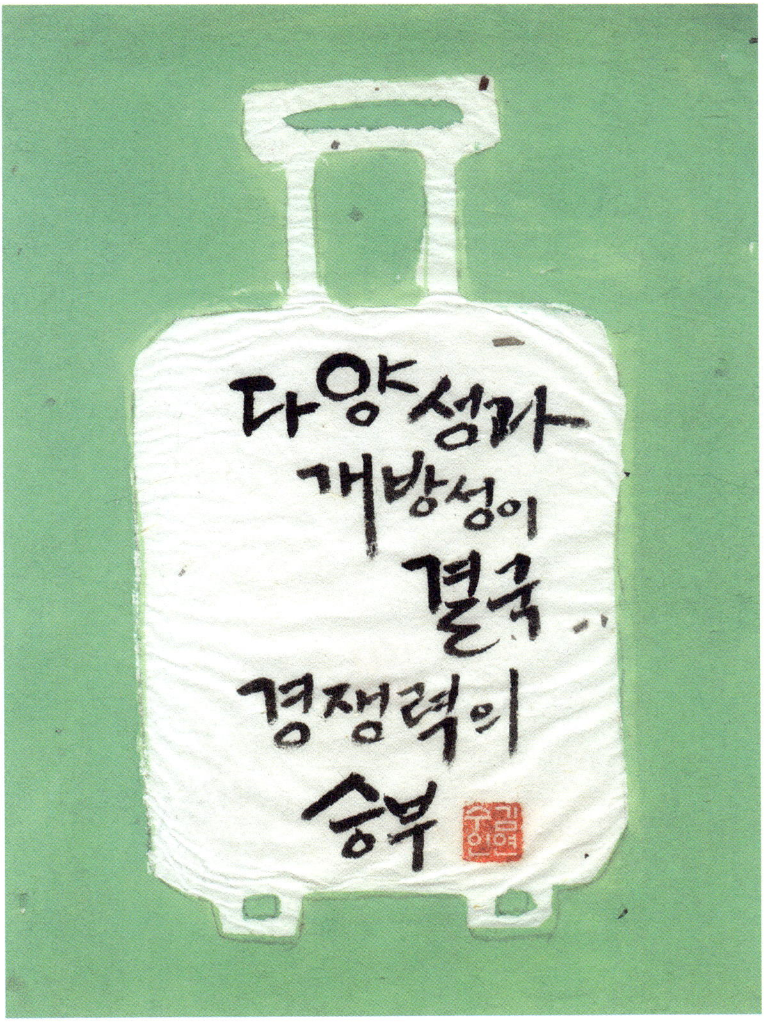

다양성과
개방성이
결국
경쟁력의
승부

승리는 실력

자기만의 특징으로
실력을 쌓고 나아가는 길

승리자가 되는 것은 말하기는
쉽지만 행동하기는 어렵다

각자의 힘든 역경 이겨내며
달려온 사람만이

승리의 기쁨을 여유로운
마음으로 느낄 수 있다네

더욱더 자신만의 실력을
갖추는 것이 승리자의 자세

실력만이
나를
지켜준다

부당한 참견

남의 싸움에 칼 뺀다고
나도 모르게 오지랖 넓은
행동을 자제하자

동생과 아들에게서도
배울 데가 있는 거지
세월 흐르고 세대도 달라져
각자의 생각과 능력
인정하고 존중하는 게 옳지

윗사람으로서 고집과 참견은 버리고
항상 배우는 자세로 사는 게
현명한 태도겠지

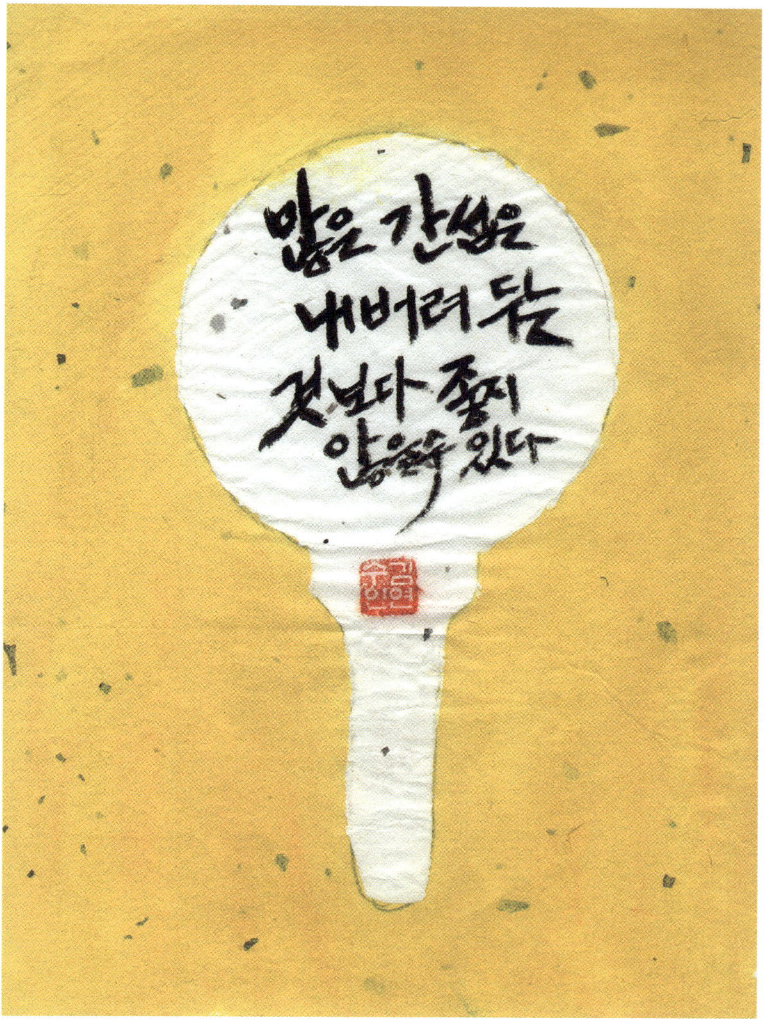

많은 간섭은
내버려 두는
것보다 좋지
않을수 있다

인간의 매력

애기똥풀 꽃

눈 밑에 물집 하나
자리 잡고 있어
손으로 짜니
더욱 짙은 점으로 변해
피부과를 방문해야 할지 고민했는데

민간요법 해보라는
지인 말씀 따라
애기똥풀 줄기 즙
여러 번 찍고 연고 바른 후
며칠 지나 차츰 사라지니
민간요법 무시하기만 할 일은
아닌 듯하다

피부병에 좋은 야생 약초
인터넷에 검색해 보니
무좀, 습진, 피부 질환에 효과가 있다는데
조선 시대 명의
허준 선생이 떠오르네

강력한
실행의
힘은
큰 效과를
준다

인간의 매력

인간으로서 좋은 삶,
매력적인 삶이란
어떤 것일까?

명예보다 진실
권력보다 신의
인간적 신뢰를 지니고
살아간다면?

세상 각박할수록
그런 사람의 모습
찾기 어렵겠지만

좋은 생각으로
성실히 살아가면
좋은 인생,
매력적인 삶이 되지 않을까?

쇠와 바위도
멈추지 않고
다듬으면
좋은 작품
된다

실력이 최고

어린 시절 학력이 최고여야만
자신이 원하는 곳에 취업할 수 있었고
인정받는 생활도 뒤따라왔다

지금은 어떤 분야에서든
실력만 있으면 높은 학력 없어도 인정받아
원하는 삶 살아갈 수 있는 세상

학력까지 갖추면 더 많은 기회가 주어지지
그래도 윤택한 삶을 보장하는 것은
오직 실력

실력
없이 쌓은
학력은
공허
하다

헤아림

다양한 경험 속에서
큰 역경을 뚫으며
진솔하게 살아온
능력자들…

그분들이 흘린 피와 땀,
짐작할 수도
측량할 수도 없지만

극한 직업에 종사하는 본인들은
그런 노력을 당연한 것으로 여기며
가족을 지키는 울타리, 세상의 언덕이 되어
묵묵히 살아가고 있다

그분들로 인해
사유하고 성찰하는 마음
오늘도 다져보네

인생에
도움 되는 공부는
사색하고 성찰하는것

느긋함 속의 여유

서예와 그림은
나를 차분하게 만들고
몰두할 수 있게 해주는 여유

그렇지만 언제나
붓을 들고 작업하면
과정보다 결과에 조급해했지

팔다리가 힘들어
경고 메시지를 보내지만
무시하고 끝마무리 삼매경

나의 나쁜 버릇 중 하나
바꾸려 해도
이 천성 쉽게 변하지 않네

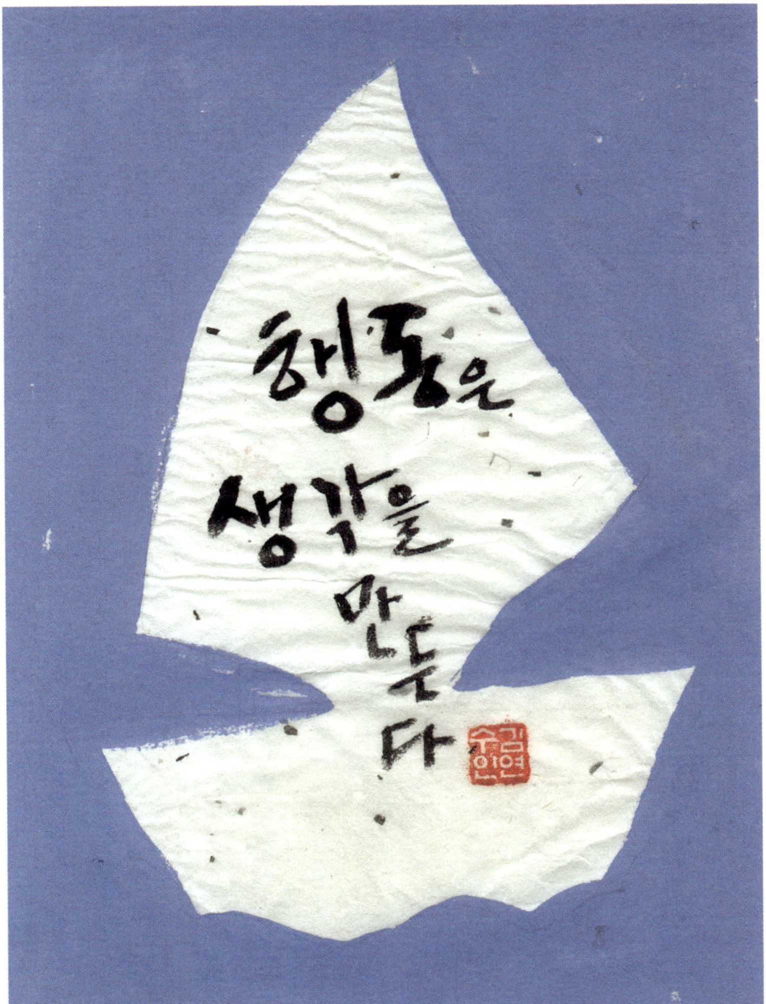

행동은
생각을
만든다

경험의 축적

떠나는 가을 낙엽처럼
육체는 노쇠해지고
낡은 몸에 의지하던 정신의 예지력도
남루한 의복처럼 닳아간다

그러나
세상살이 그간의 경험은 깊게
몸과 정신에 새겨져
나의 생각 여행길을
끊임없이 새롭게 안내한다

완성과 정리가 필요한 시기
자연의 순리대로
노쇠함과 닳아가는 예지력에 순응하면서,
심신에 축적된 경험의 지혜를 따라
내게 오는 모든 것을
받아들이면서 살아가고 싶다

삶은 여행
경험은 축적

자린고비

넉넉하지 못했던 시절
몸에 깃든 나만의 습성이 있다

물건 하나 사려고 시장에 가도
생각하는 금액에서 조금만 벗어나도
꼭 필요한지 다시 한번 더 따져보던

계획을 넘어선 금액으로 사게 되면
언제나 그 대가가 따라서
망설이는 일이 비일비재했던

그렇게 버텨온 세월의 흔적
몸과 마음에서 기어이 털어내고자 해도
어쩌랴, 쉽지 않네

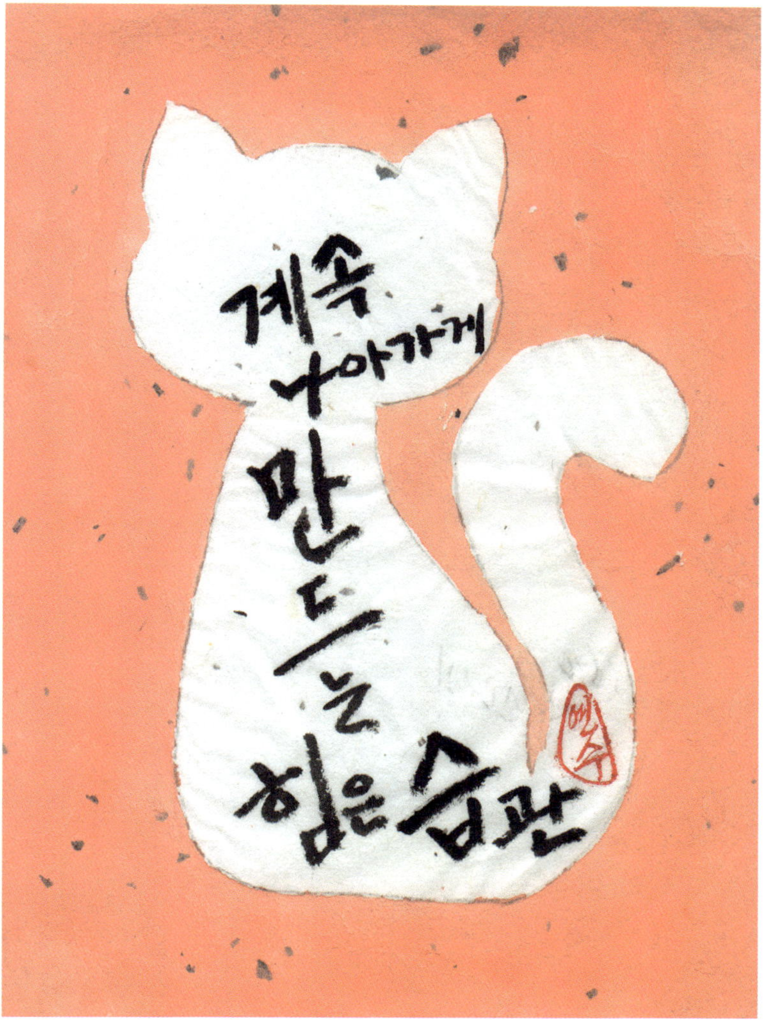

계속 이어가게
만드는
착한 습관

책은 나의 스승

과거와 현재, 미래까지도
공존시키며 큰 성과를
가져다주는 힘

많은 것들이 디지털에
의존하는 첨단 시대
그래도 책에는
여전히 다른 힘이 있다

청춘 시절
책을 좀더 벗 삼았다면
더욱 좋았겠지만

이제라도 많은 성찰과 사색을 경험하고
생각에 그치지 않고 실행할 수 있는
힘이 되어 준 독서는
나의 위대한 스승이다

독서는
평생의
스승

동기(動機)

저마다 깊은 동기는 있다
주어진 계기를 움켜잡으면
기회의 얼굴이 보이는 시기는
중년 시점쯤이라고 한다

그렇게 되면
본인의 인생 이모작을
다시 시작할 수 있다는데

어차피 시간은 쉬지 않고 흐르는 법
자신이 선택한 시간
어떤 꽃을 피워낼지는 오로지
자신에게 달린 것

작품으로의 완성은 나만의 관건
누구나 자신이 선택한 시간과 삶,
풍성한 열매…

인생
이모작을
준비하여
살자

꽃길

고독, 외로움, 아픔, 슬픔도
모두 살아있기에 느낄 수 있는 감정들
그냥 삶의 길

꽃길만이 삶의 길은
아니지만 아침 해돋이를 보며
환희를 느낄 수 있음에도, 감사

모두 나만이 느낄 감정들
인생 꽃길은
자신만이 만들 수 있는 길이라네

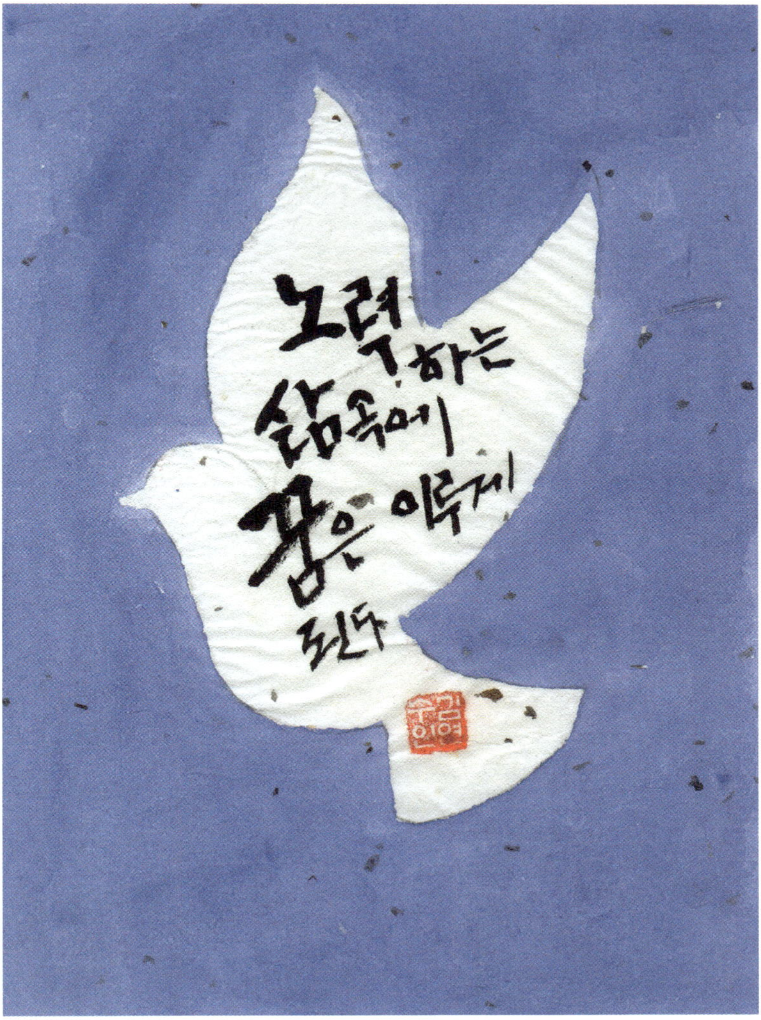

노력하는
삶속에
꽃을 피우게
된다

최선의 선택

가끔 생각해본다
지금 나는 무엇을 얻으려고 하는 걸까?

그럴 때마다
큰 그림을 구상하고
거기에 맞는 실행과 노력을 쏟는다

신념은 충만하고
집중해서 노력하고 있다면
남는 것은
효율적인 선택

결국,
완성된 그림을 가져오는 것은
생각과 구상, 행동과 노력,
그리고 무엇을 얻고자 하는지
그 방향을 선택하는 일이다

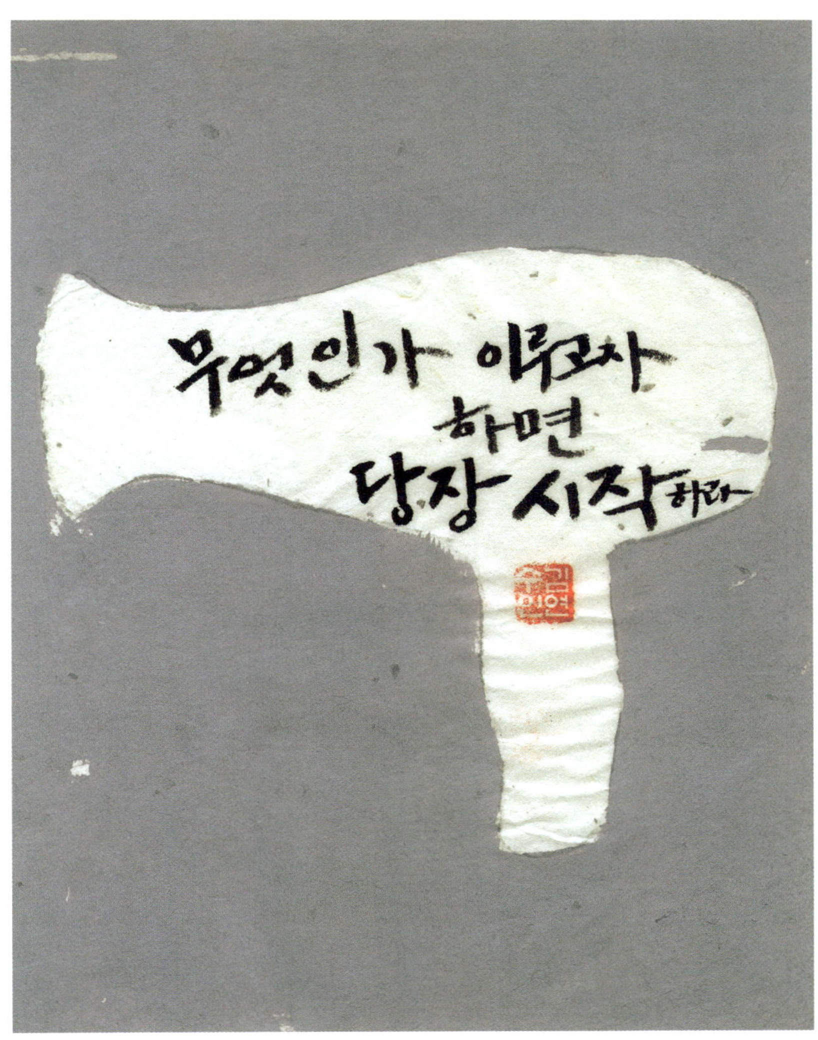
무엇인가 이루고자
하면
당장 시작하라

변함없는

처음 가진 마음을 초심이라고 하지
그렇지만 생각보다 초심을 유지하며
사는 게 쉽지 않다고 하지
사업하는 분들 차츰 변해가는 모습을 보이면 안타깝다

그래도 변함없는 초심으로
이끌어가는 분들
크게 번창하는 것을
보게 되면

응원 메시지 보내고
다시 한번 더 찾게 된다
그리고 묻는다
나도 초심을 유지하고 있는 것일까?

초심

성공의 길

평범한 생활만을 하고 살아온
나로서는
성공이 어떤 것인지, 어느 정도인지
잘 가늠할 수 없다

결혼 후 아들을 키우며
남편 월급으로 알뜰살뜰 살며
작은 전셋집에서 시작해
우리 집을 장만하게 된 것이 성공인가?

내게 주어진 세월 이겨내며
공부도 하고 책도 쓰게 됐으니
이보다 더 큰 성공이
필요한가?

주어진 환경을 내 것이라 여기며
살아온 세월은
그 자체가 성공이란 척도로 따질 수 없는
나의 소중한 시간이다

매일 반복한
작은 노력은
성공의 길

소설 같은 인생

살아가는 삶 자체가
모두 소설이지

슬픔과 즐거움
겪으며 보내고

뒤돌아보면
한 편의 책이 된다네

주인공은 다르지만
인생길 굽이굽이

서로가 위로하며
충만하게 살다 보면

도착점은 모두
빛나는 걸

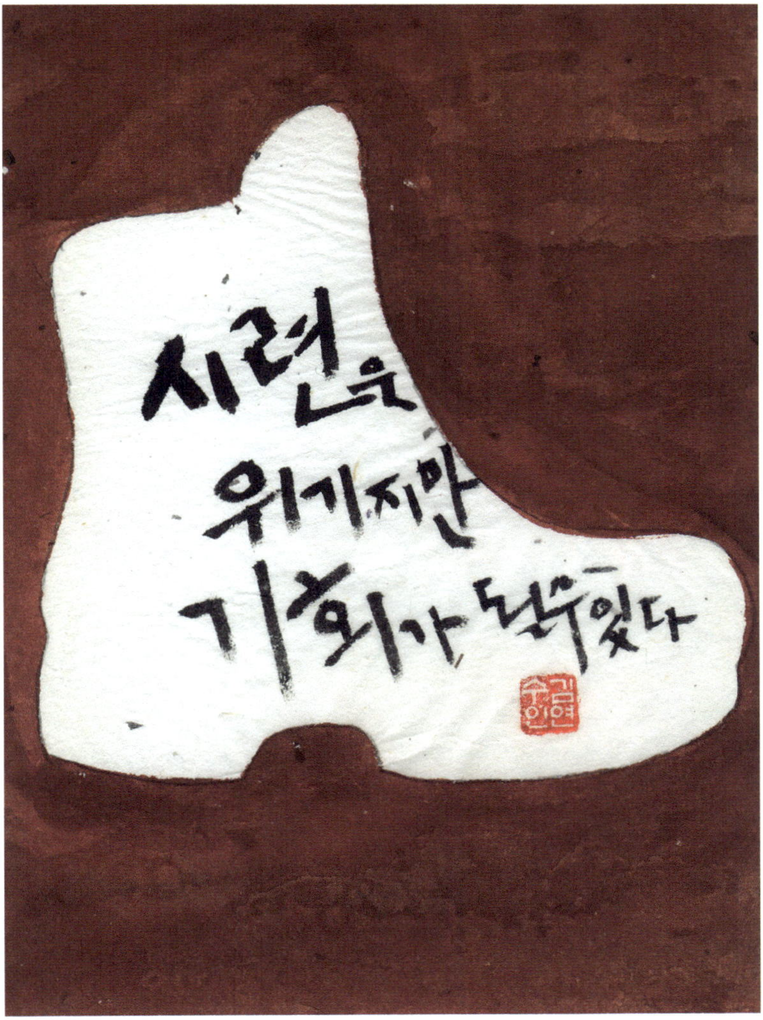

시련은
위기지만
기회가 될수있다

정신적 양식

인간은 빵만으로 살 수 없다지

사람은 여러 종류의
양식을 골고루 가질 때
건강하고 행복할 수 있고

인간의 주성분은 사랑
우리의 정신적 인격은
사랑을 먹고 살지

우리의 사랑
살아가는 데 가장 중요한
행복의 길이 될 수 있다네

사랑은
인간의
주성분

배움과 삶

새로운 길을 가고자 하면
누군가 말하더군요
너무 늦었지 그 나이에
젊을 때 했어야죠

그러면 나는 이렇게 말합니다
푸념하기보다
좋아하는 분야를 찾아 관심
가지는 게 좋겠죠!

시작이 반이에요
배움의 크기는 중요하지 않지만
생물학적 나이를 떠나
가장 젊고 활기찬 삶을 살아가야죠

지식은 도구로
이용하고 응용하면
우리의 삶을 빛내는
보석이 되겠죠!

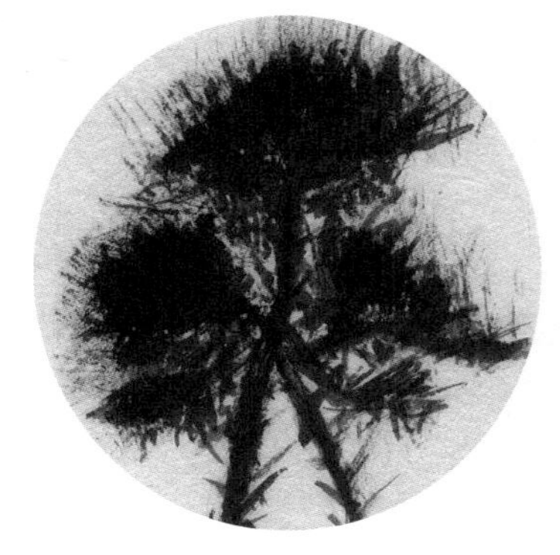

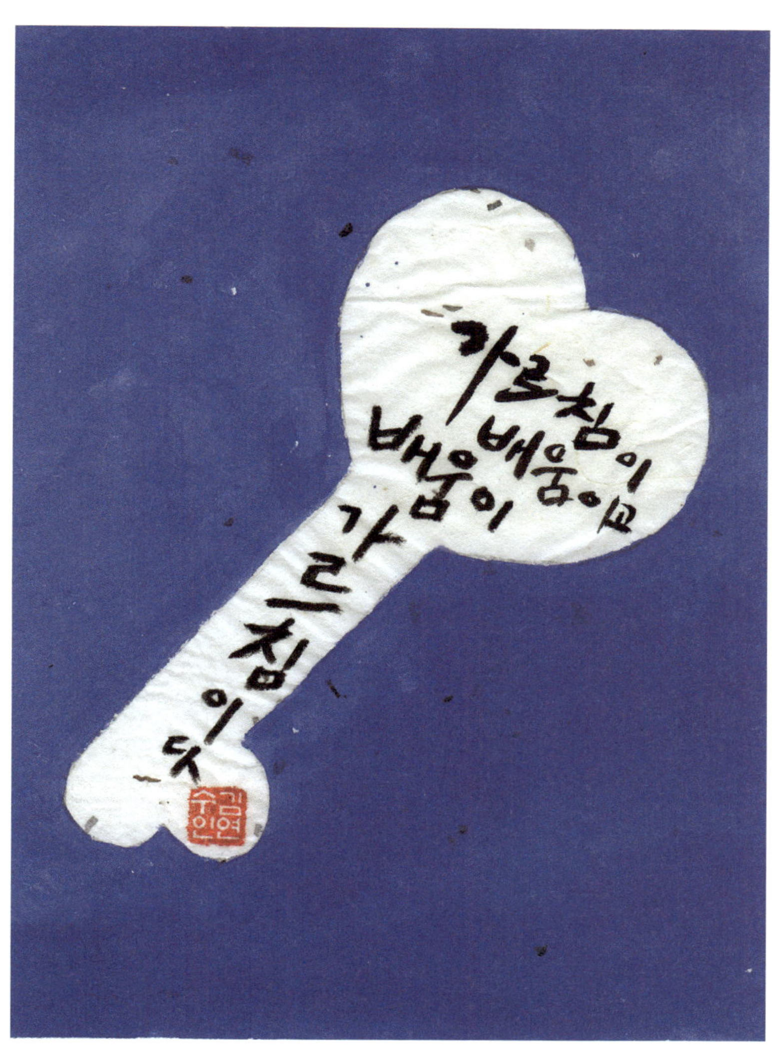
가르침이 배움이
배움이 가르침이다

노력의 끝은

젊은 날 방황하면서 물었지
노력의 힘이 뭐냐고
최선의 위치에 도착할 수 있는
인생 정복자는 뭐냐고

비범한 삶을 살아보고 싶었지
행동하는 실천을 중심에 놓고
작은 바람에도 흔들리지 않고 살아가고 싶었지

문득, 어떤 깨달음!
나만의 절실함을 간직한
노력이 해답이란 걸

노력의 끝은 설령
그것이 미완의 것일지라도
아름다운 새로운 탄생
자아실현의 길

인내심

조급한 마음
잠시만 멈추면
보이지 않던 것들이
다시 보인다

모든 상황의 마스터키
인생을 가치 있게 만드는 그것
인내와 노력은
성공의 지름길,
삶을 빛나게 만드는 핵심 요소

어느 한순간
인내를 먼저 실천할 수 있다면
뛰어난 자산을 손에 넣은 것
지상에 남은 노년의 시간
끝나는 순간까지
인내를 배우리

인내심
성공의
지름길

루틴 반복 활동

건강한 사람은
운동을 규칙적으로 하고
시간 관리도 효율적으로 한다지

일정한 시간에 기상하고
정해진 시간을
체계적이고 능률적으로 살아낸다지

자신의 생산성을 높이고
중요한 결정을 내리는 정신을 맑게 하고
스트레스를 줄이며 살아가는 삶,

장강의 물결처럼
오늘의 루틴도 새로운 일상,
그렇다면 모두 인생의 주인공으로 살아가야지

루틴을
가진
사랑
실패할수
없다

생각이 시작

인공지능 도구가 일상화되면서
학습과 업무 효율 높이는 데는
도움이 된다는 평가를 받아왔지만
뇌의 활동이 눈에 띄게
저하되었다는 연구결과가 눈길을 끈다

나 또한 전화번호조차
스마트폰이 없으면 기억할 수 없다
뇌 활동을 활발하게 하는 데는
읽기, 운동, 연주, 게임, 명상 등이 좋다는데

순간 20대에 배우다 멈춘
피아노 생각이
스쳐 간다

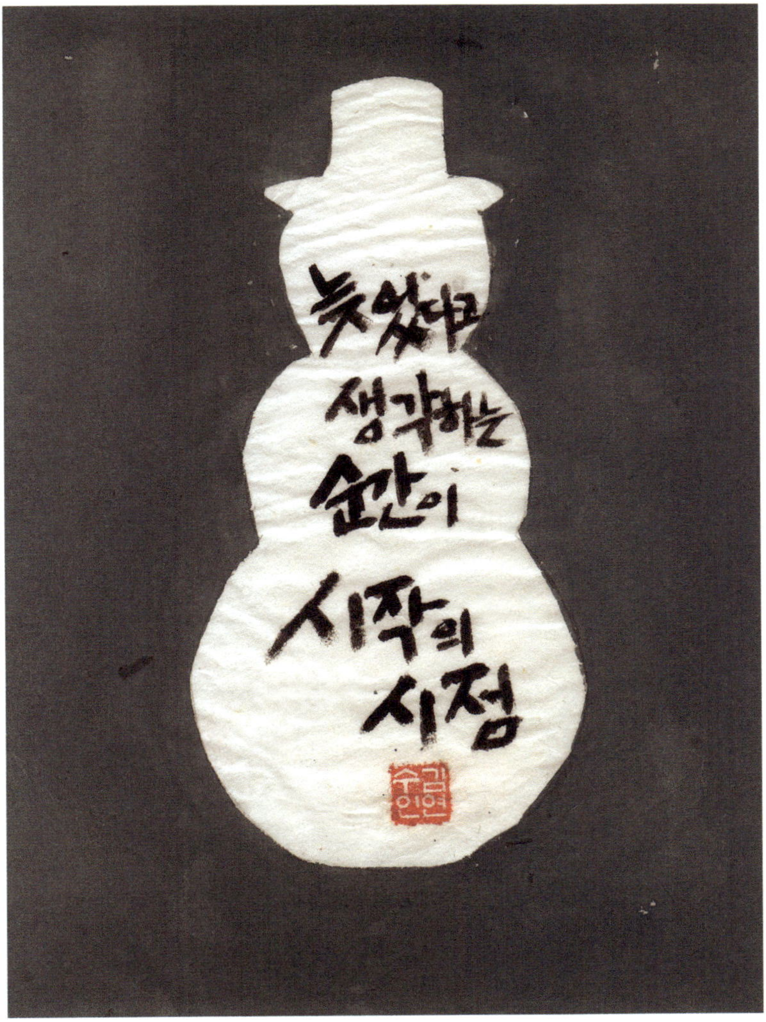

웃었다고
생각하는
순간이

시작의
시점

달콤한 유혹

틈틈이

주부로서 수십 년
틈틈이 여러 가지 일을
동시에 하다 보니
새로운 습성이 생겼다

모든 주부는 선수
새벽에 기상, 습관대로 한꺼번에
여러 가지 일을 도마 위에 올리는
주부만의 기술

선수들이 챙기는 아침 시간
조각 조각들이 모여 알찬 하루
어느 순간 기쁨의 탄성을 낳는다!

일찍 일어난 새가
벌레를 잡는다는 서양 속담,
참 공감 가는 말이네

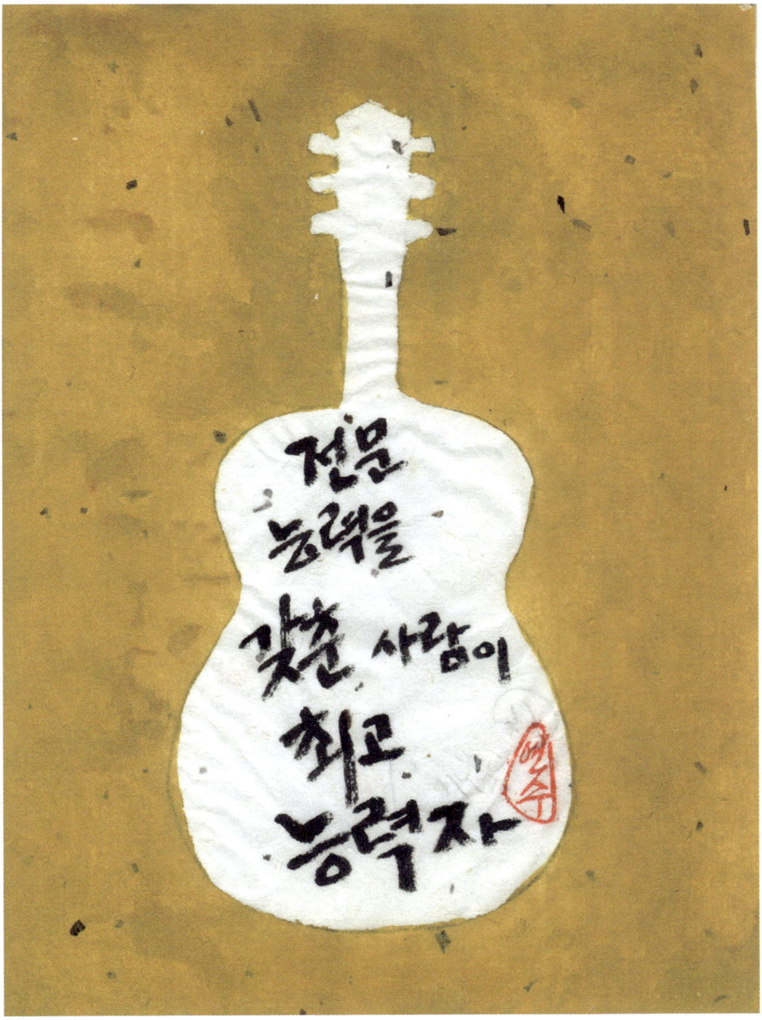

전문
능력을
갖춘 사람이
최고
능력자

정체성

인간의 욕망은
끝이 없다지만

돌아보니
검소한 생활에
만족하고 절제하며 살아온
젊은 내가 보인다

평생 소박하고 건실하게
단아한 삶을 살아온
자부심은 나를 이루는
나의 정체성

내가 나를 먼저 믿고
사랑하는 마음으로 어루만졌을 때
자존감이 가득 했다
그것이 나를 만든 정체성

과거
일은
미래의등불

참사랑

생활은 고뇌의 연속
모진 삶을 살아가기 위해
절대자에게 의존하는
모든 종교인에게는
참사랑이 명제다

종교의 힘은
본인만의 절대적 가치 체계로
사랑의 믿음 안에서
실천하며 살아갈 수 있도록
모든 신앙인에게 자유를 준다

무종교인으로서, 나는
그런 점을 찬양한다

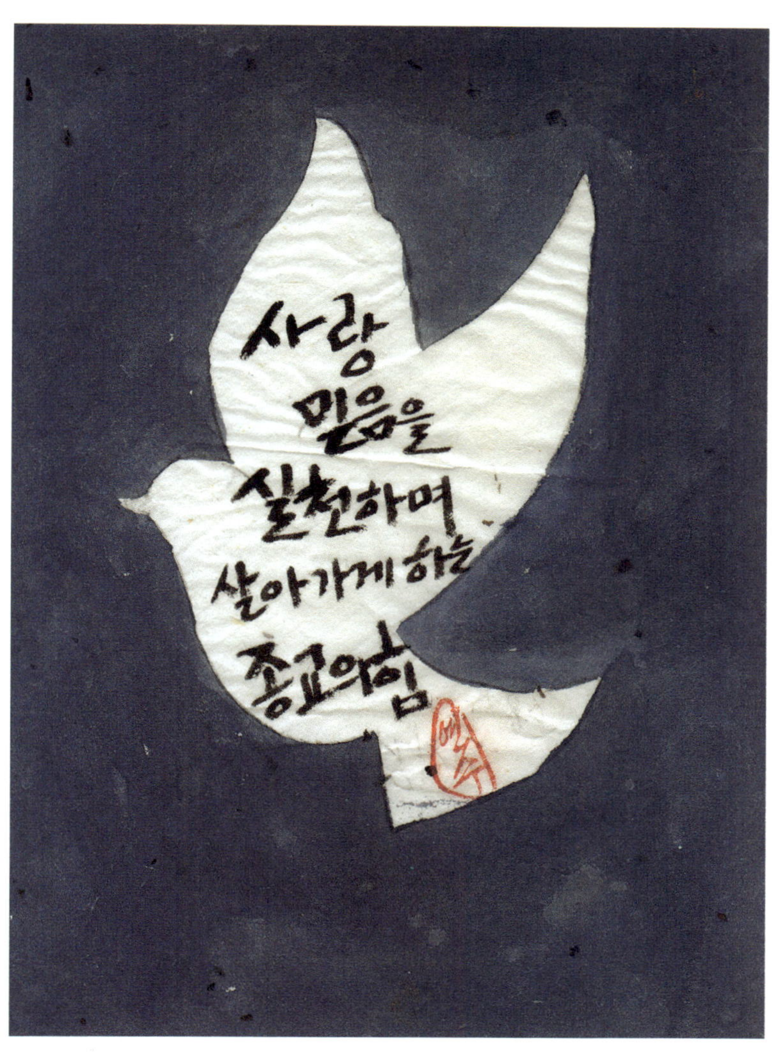
사랑
믿음을
실천하며
살아가게 하는
종교의 힘

내 감정은 나의 것

타인의 반응에 따라
감정을 흔들리지 말자

내 감정은 나만이 조절해야 하는 것
집착은 관계의 독
외로움도 즐기자

겉으론 관심처럼 보이지만
지속하면 마음의 갈등을 만든다
그러니 감정도 쉬어야지

남이 던지는 자극
한순간에 스트레스를 폭발시키는 현대인
감정을 다스리는 지혜의 주인이 되어야 한다

내 감정은 나의 것
관용과 인내로 분노를 녹이고
감정을 동행자로 생각하며 살기

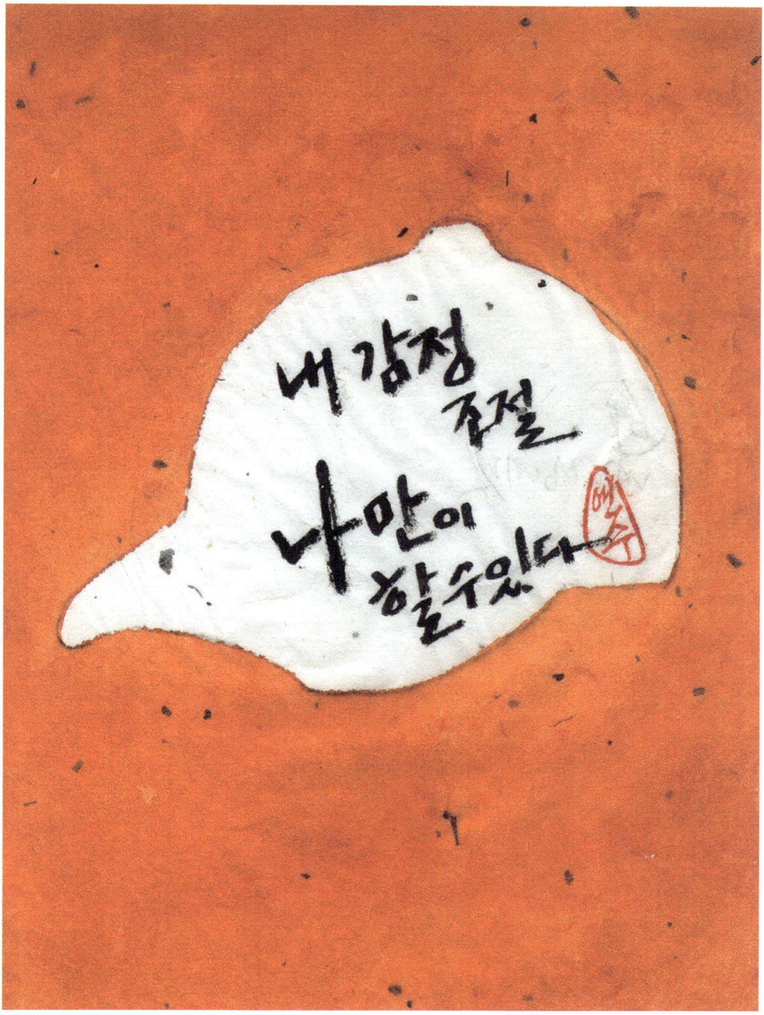

내 감정 조절
나만이
할수있다

까마중

도시의 공해와 소음 속
한 그루 까마중을 만났다
교각(橋脚) 옆 모든 악조건을 이기고
우뚝 선 모습

무심하게 잘 자란 줄기와 열매
별빛, 에메랄드 광
흑진주처럼
빛난다

옹기종기
최악의 환경이지만
투명한 물관부가 결국 꽃을 피우고
검은 열매를 거뒀다

우애와 사랑, 가족애의 화목함을
연상케 하는 까마중

가족 소중함이
최고다

신록의 계절

여름은 풍요롭고 따뜻하고 자유로운
오감이 살아나는 계절

산속 계곡 작은 폭포 졸졸졸
새들의 합창 소리

바위에 걸터앉아
차 한 잔, 오감을 느끼며

모든 신체의 세포가 활발하게
다시 깨어나네

나를
쫓기는 치열한
경쟁속의 삶
하루라도
느긋하게...

화근의 불씨

발 없는 말이 천 리 가고
무심코 내뱉은 말은
돌이킬 수 없다

거두어들일 수 없는 말
정의와 진실이 뒤바뀌고
감정은 화근과 불씨로 남아
시비(是非)를 짓는다

화근의 불씨를 만나면,
조용히 듣는
여유로운 친구가 되어 주세요

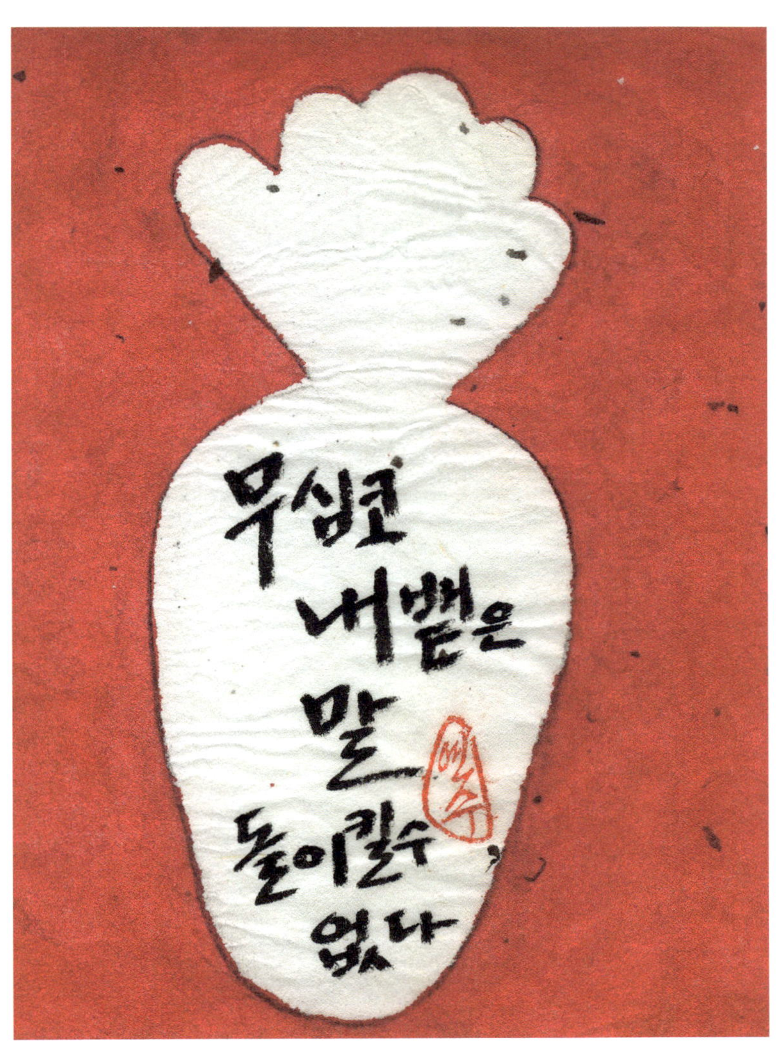
무심코
내뱉은
말
돌이킬수
없다

낭만의 계절

아름답고 풍요로운
계절, 가을

코스모스 꽃잎에 고추잠자리
향기에 취해 맴돌고

푸른 하늘 뭉게구름
나를 감싸듯 포근함이 느껴지네

붉게 물든 단풍
한 점 수채화

웃음은
최고의
보약 이다

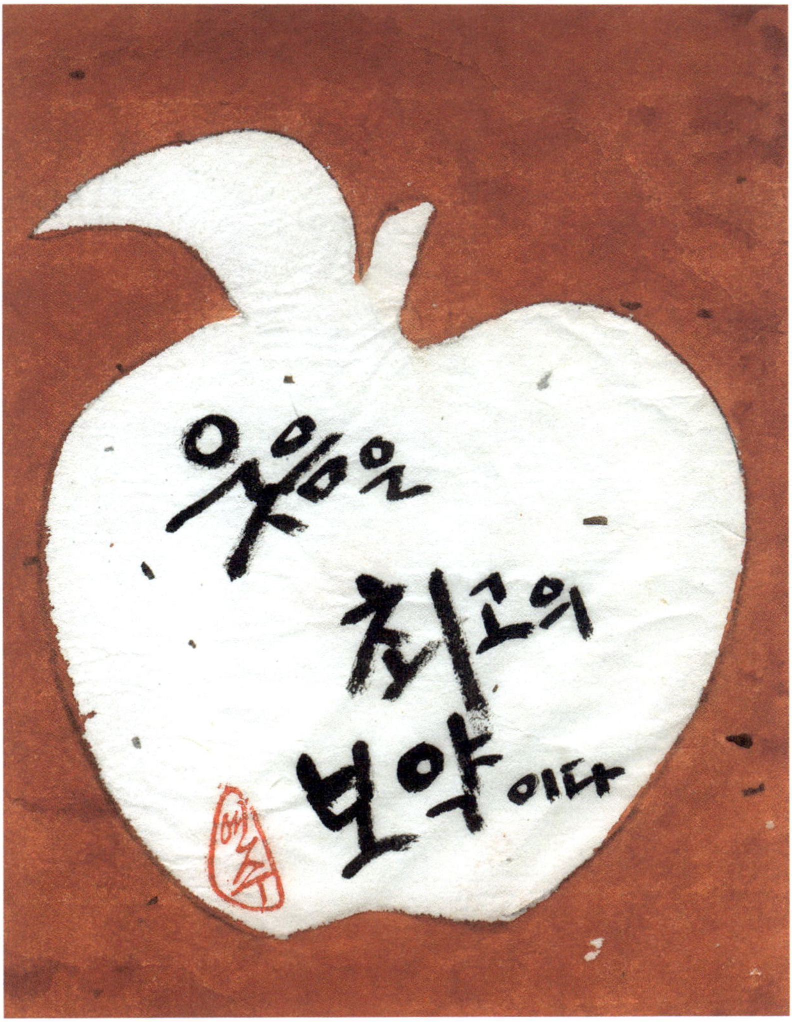

달콤한 유혹

잠깐의 게으름이
큰 손실을
가져오게 하고

그렇게 비틀어진 시간은
달콤한 유혹이 되어
몸과 마음을 멈춰 세운다

현혹된 게으른 자태
순간의 달콤함이 그만
나의 중심을 흔들어
독이 되었구나!

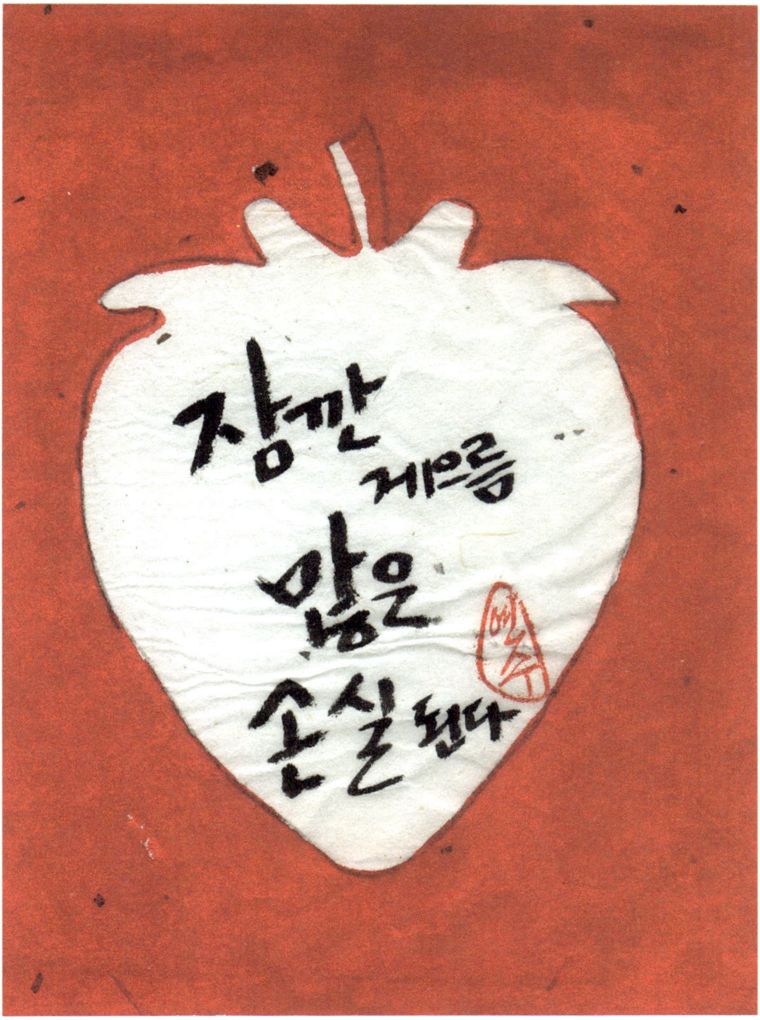

잠깐 게으름
많은 손실 된다

영원한 승리

끊임없는 도전
영원한 승리자가 될 수 있을까?

오늘의 내가 어제보다 조금이라도
나아지려는 기대감에

매일 반복되는 생활을 실행
삶의 방향은 거창하지는 않지만

소소한 기쁨이 안에서 자라나
작은 행복, 달콤한 선물이 되네

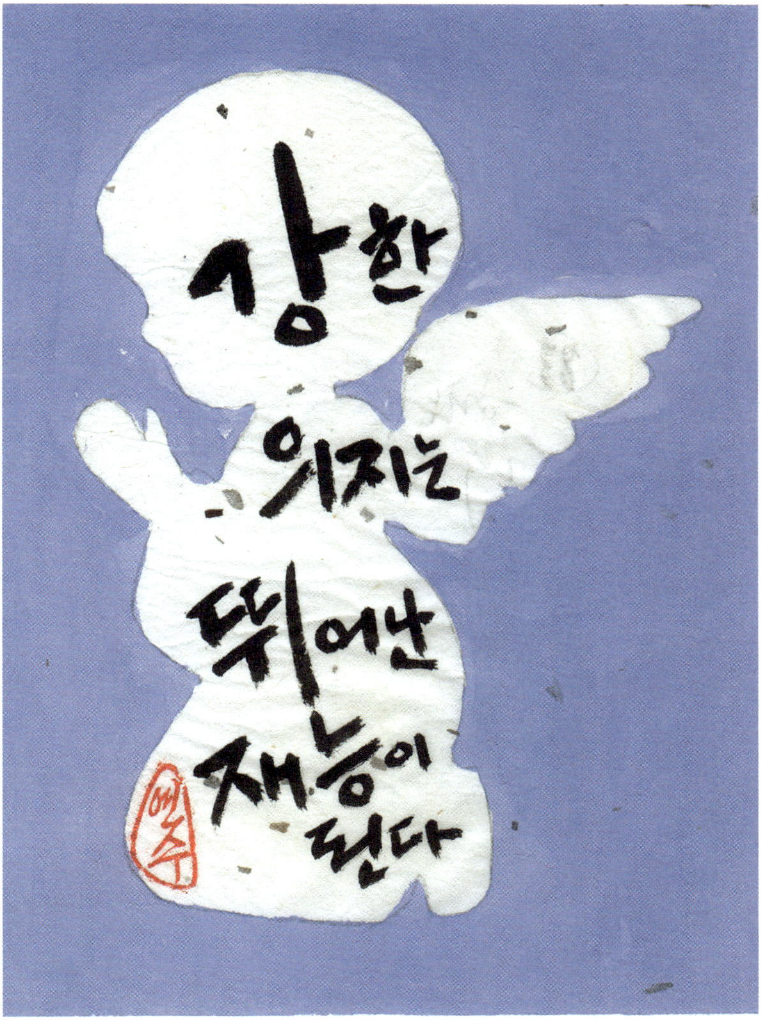

강한
의지는
뛰어난
재능이
된다

신뢰

사소한 말 한마디가
한순간에 신뢰를
무너지게 할 수도 있다

이해와 오해는 한 끗 차이
정상적인 삶을 살아온
사람에게 실언은 악(惡)

요즘 SNS 활동이 많다 보니
개인의 사생활을 헐뜯는 공격도 많아지고
어떤 이들 고민하는 목소리 조금은 알 것 같다

남의 사생활 가타부타 말고
묵언하는 것도
함께 살아가는 지혜

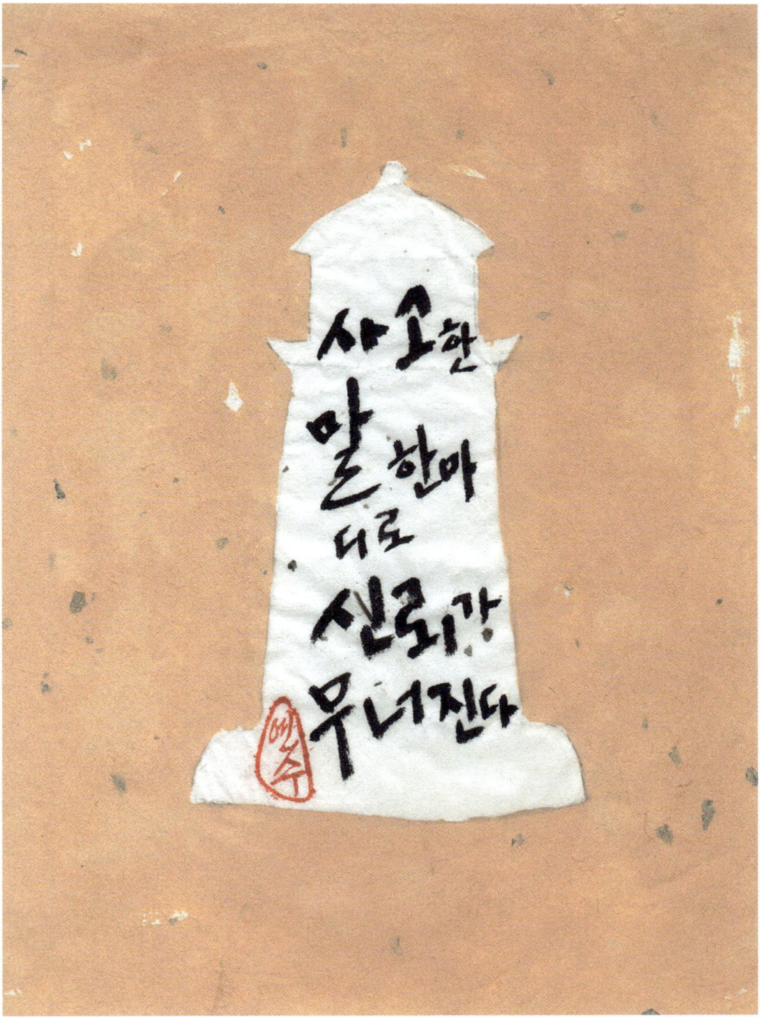

사소한
말 한마디로
신뢰가
무너진다

자투리 시간

쫓기는 시간
바쁜 대로 틈틈이
조각 시간을 모아
나만의 계발에 썼다네

빠른 세월 잡을 수는 없지만
자투리 시간
모아서 모아
큰 성과를 이뤘다네

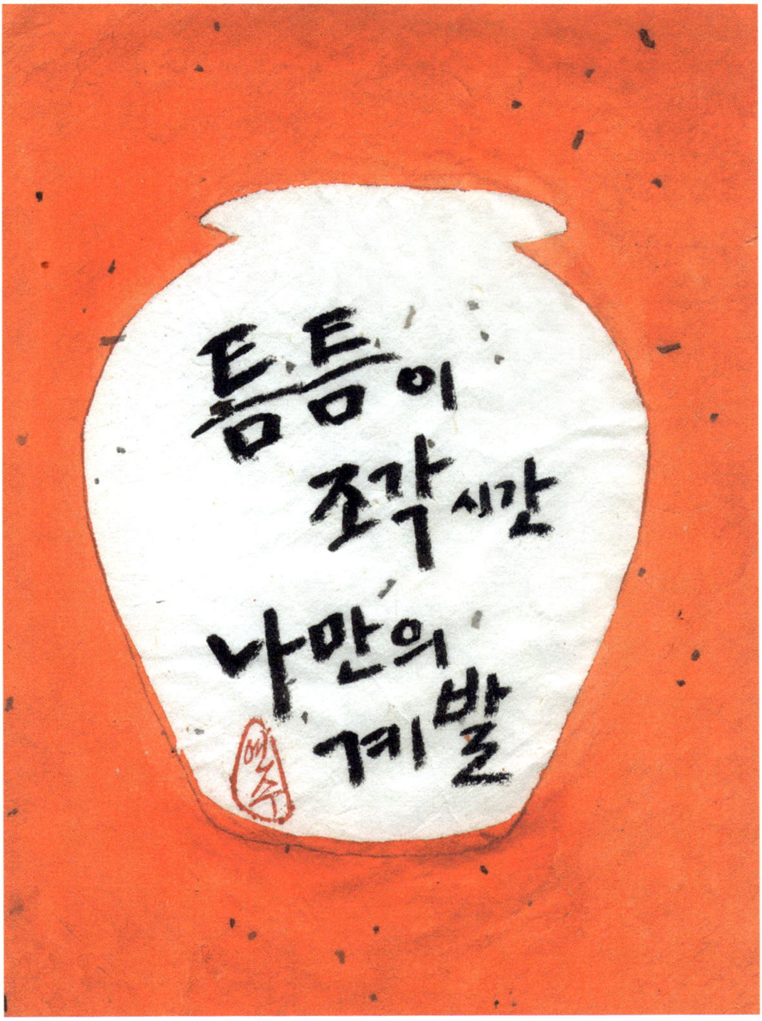

틈틈이
조각시간
나만의
계발

자존감 향상

우울해질 때마다

나는 스스로에 칭찬한다

그런 칭찬이 이제는 습관이 되어

밝은 기운을 이끈다

자신에게 보내는 칭찬은

자존감의 일등공신

긍정적 생각과 행동으로

이어지는 칭찬 한마디

모든 관계를 새롭게 만드는

칭찬의 빛,

그렇게 다져진 자존감이

삶의 근육을 더욱 단단하게 만든다

칭찬
한마디
긍정적 마음

지난 인연

수십 년 세월이 흘렀지만
어렴풋이 떠오르는 지난날
추억 속의 앨범

바쁘게 살아온
생활 속 많은 인연들
가끔 소소하게 점등

좋지 않았던 인연도
이제는 추억으로 간직되는
너그러운 마음의 시간

인생사 새옹지마
저 멀리 세월 흐름 속
그리움만 깊어지네

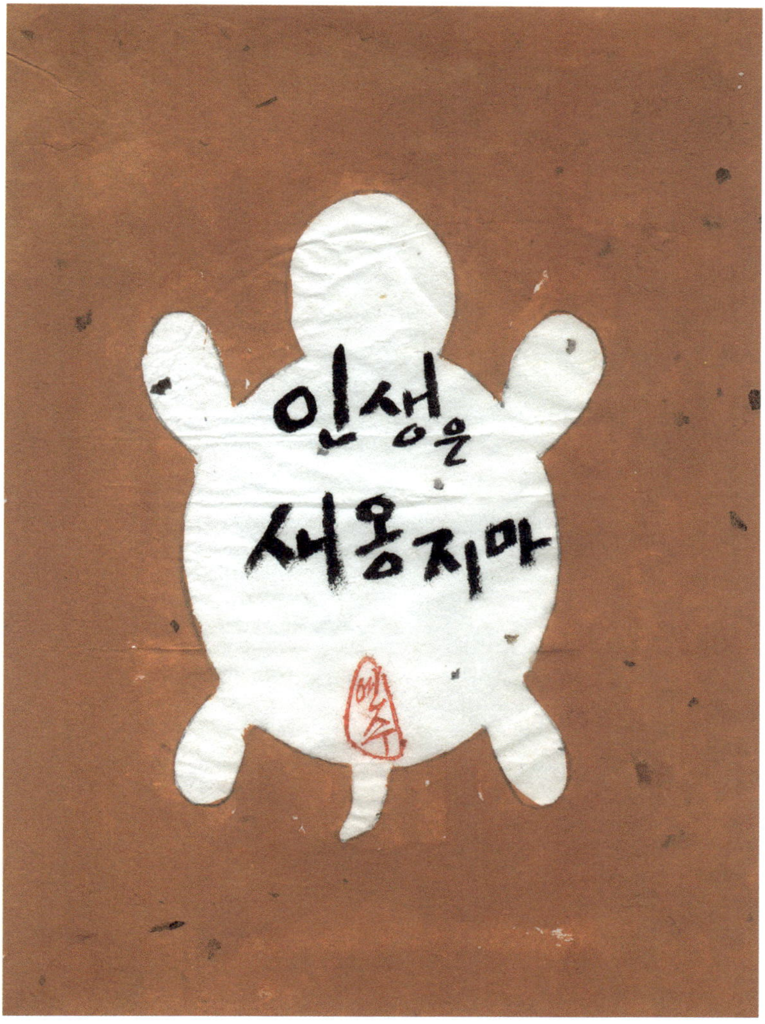

인생은
새옹지마

배려

배려하는 마음

행동으로 이어지는 사랑은

더 깊은 힘이 있다

건강한 능력자의 여유

큰 따뜻함을 주는 지혜

계산하지 않는 마음의 투명성

맑은 공명(共鳴)과

진심이 오롯이 전해진다

나와 너, 모두를 위한

행복한 순환, 배려하는 마음

그 사랑뿐

모두의
행복
을 위한
배려하는
마음

실행

스쳐 지나가는 세월
그 누구도 잠시 멈추게 할 수 없네
강력한 행동과 실천만이
세월에 뒤지지 않는 힘이 되고

삶의 근본과 중심을 이루는
피와 뼈와 근육이 되어
시간 속에 거듭나게 한다네

그러니 현실을 잘 인식하면서
생각보다 행동과 실천 속에서
꿈을 이루기 위해 노력하며
살아가야 하리

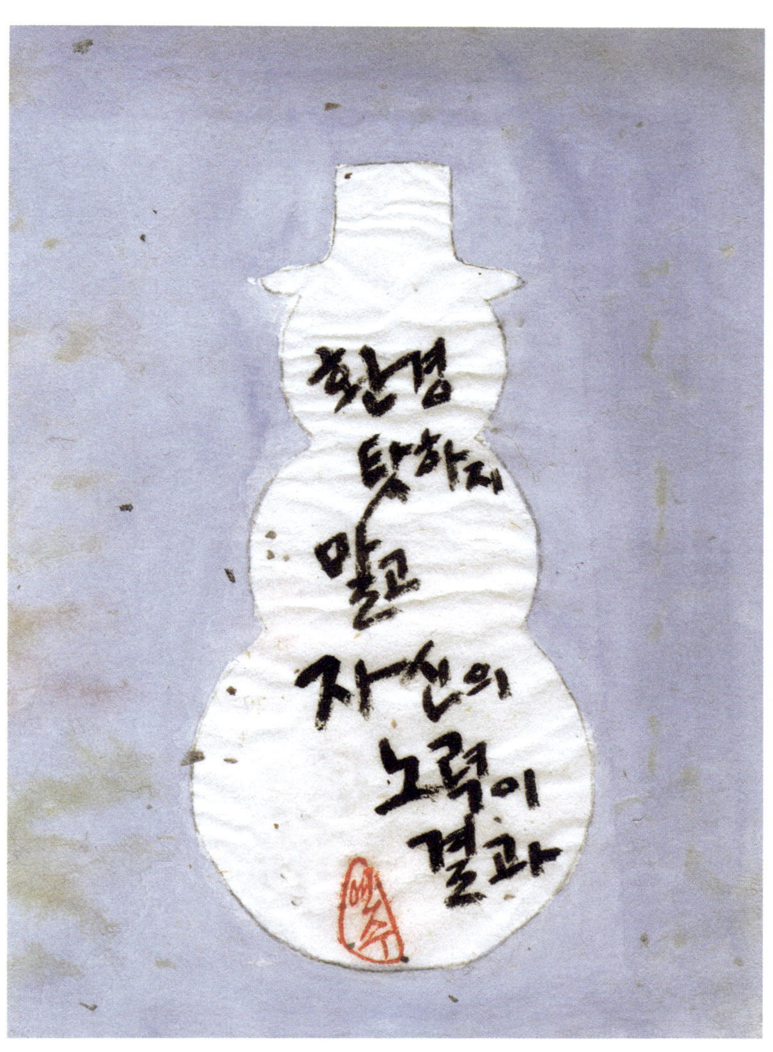
환경
탓하지
말고
자신의
노력이
결과

삶의 운치

늘 쫓기듯
내일은 올지 안 올지 모른다는
치열한 경쟁 속의 삶

오늘에 충실하며
서두르지 말고
느긋하게 즐기면서

심신을 여유롭게 하고
삶의 선한 영향력을 키우는
소박한 생활

주어진 하루 마음의 풍요를 일구면서
누군가에게 선물 같은 존재가 된다면
가치 있는 삶이 되겠지…

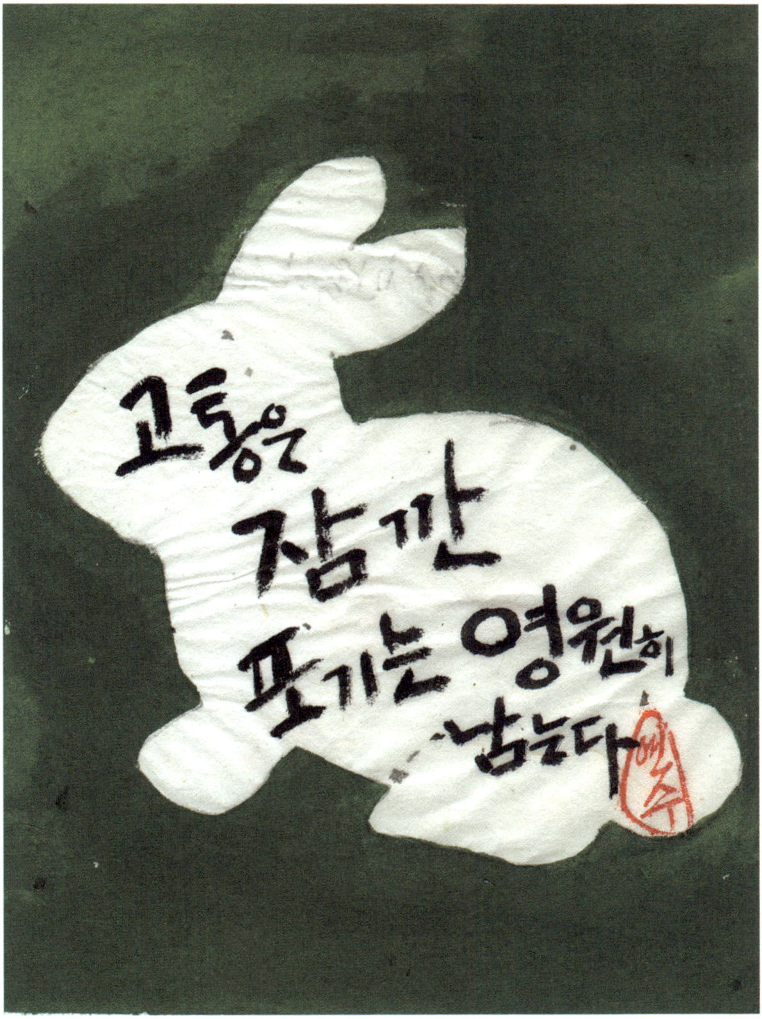

고통은 잠깐
포기는 영원히
남는다

순간순간의 기쁨

과거는 추억의 시간

미래는 오지 않은 시간

지금 이 순간, 오늘만이

손에 쥔 보석이 된다네

마음이 이끄는 대로 아름답고 찬란하게

자기만의 창조의 과정을 산다면

순간순간의 기쁨이

풍요와 행복의 근원이라네

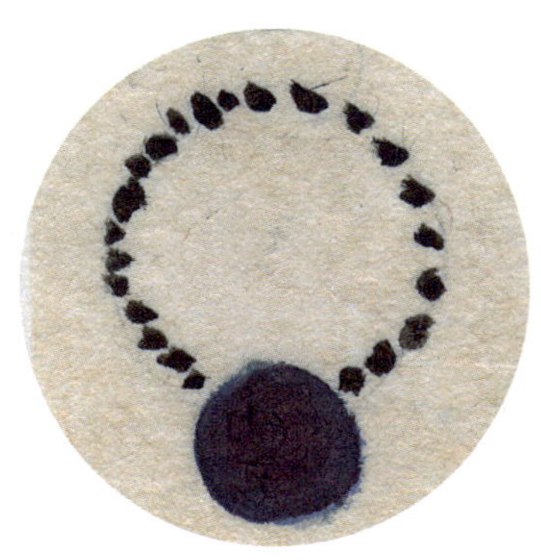

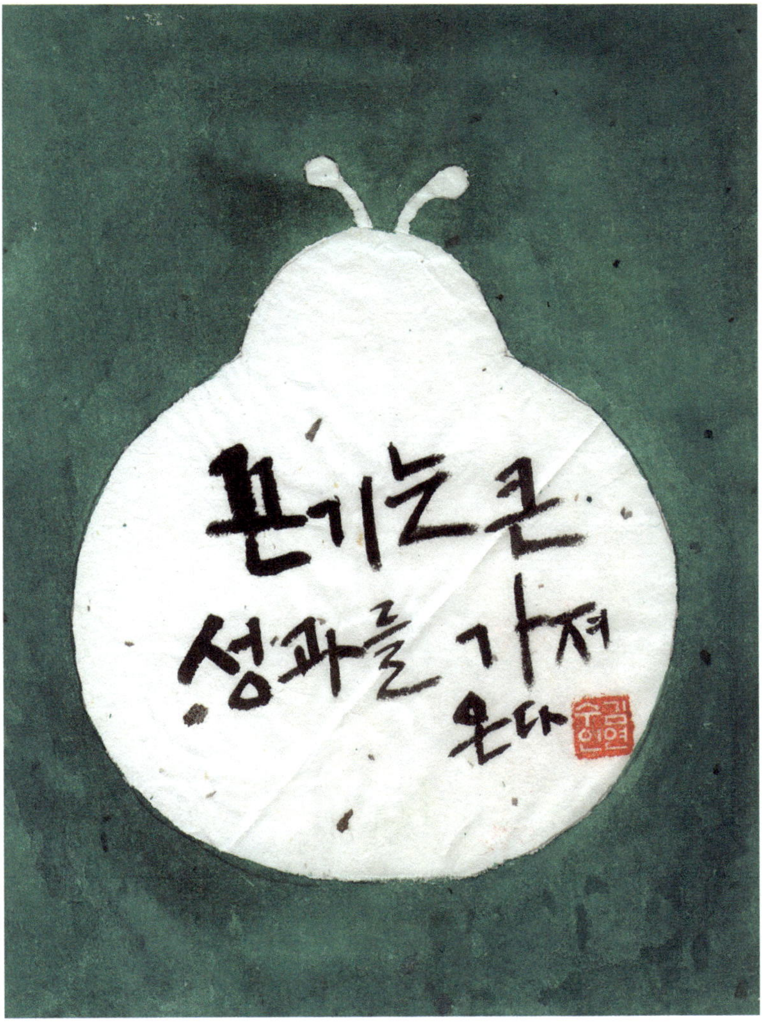

끈기는 큰
성과를 가져
온다

참 인연

순수한 인연
강산이 수십 년 흘러 흘러
어린 새싹들 노년이 되었네

언제 만나도
마음만은 꽃 같은 청춘
참다운 고운 사랑

멈추는 순간이 올지라도
그 인연, 향기
잃지 않으리

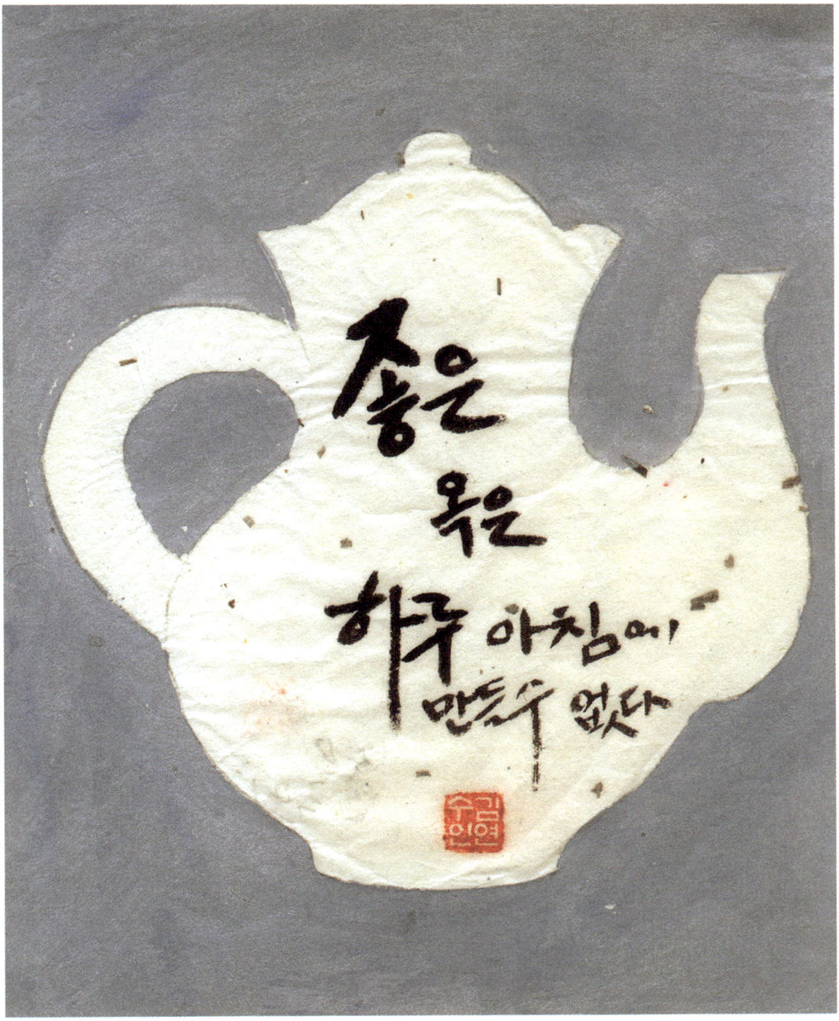

좋은
옷은
하루 아침에,
만들수 없다

감정도 변한다

가는 세월에 장사 없다
청춘 시절 뻐기며 철없이 생각 없이
흘려보낸 세월
이제는 후회하지 말자

그 시절 얼룩진 경험들이 쌓여
한 인생길의 밑바탕이 되었으니,
지금의 내가 나로서
살아올 수 있었음에 감사

앞으로 남은 길
얼마인지 모르지만
생로병사 굴레 속에
하루하루 노화와 쇠퇴

급하게 다가와도
정신만은 꼭 잡고
국화꽃 같은 향기를 풍기며
마지막까지 최선을 다하며 살리라

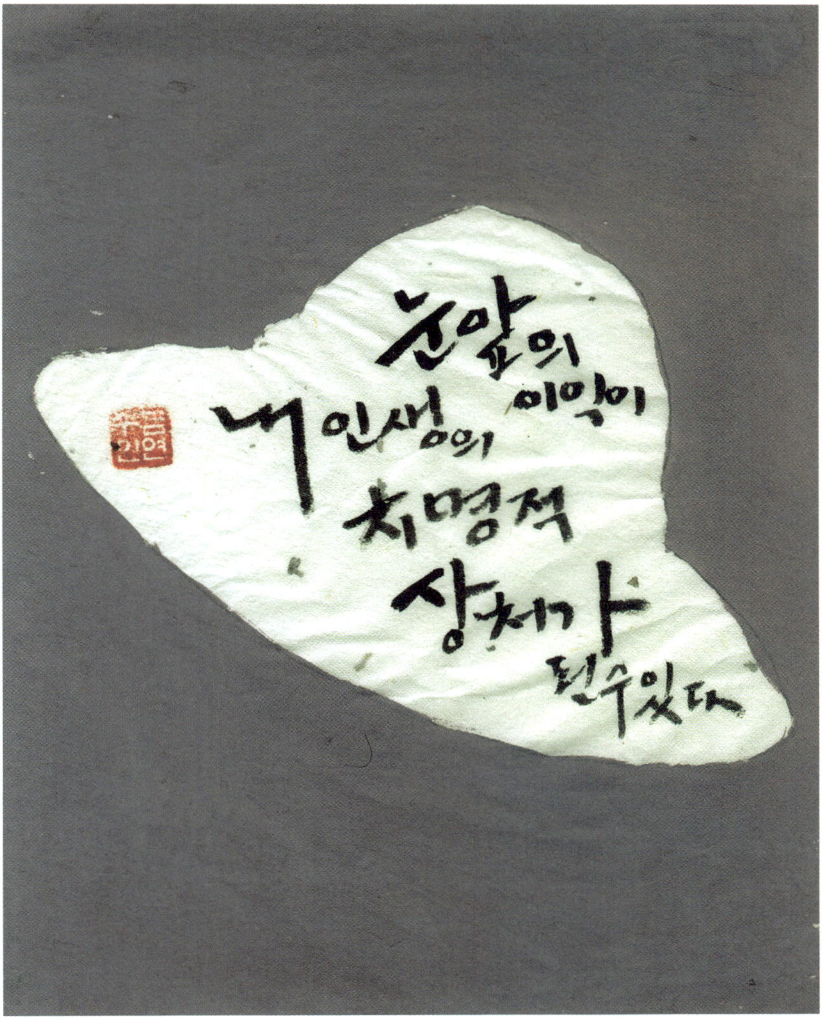

눈앞의
내 인생의 이익이
치명적
상처가
될수있다

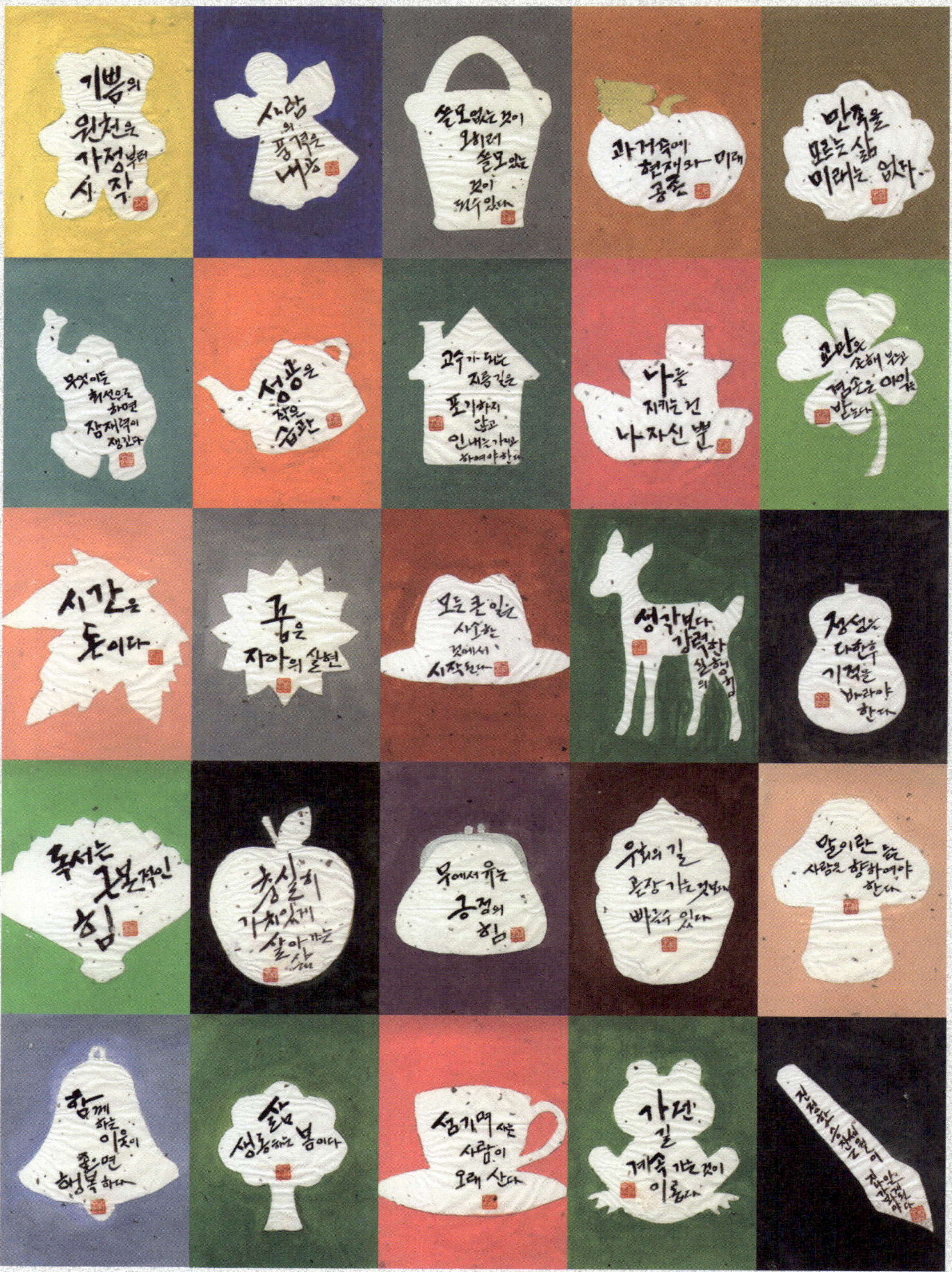
기쁨의 원천은 가정부터 시작
과거속에 현재와 미래 공존
만족을 모르는 삶 미래는 없다
무엇이든 최선으로 하면 잠재력이 생긴다
성공은 작은 습관
나를 지키는 건 나 자신 뿐
교만은 손해 보고 겸손은 이익 받는다
시간은 돈이다
꿈은 자아의 실현
모든 큰 일은 사소한 것에서 시작한다
생각보다 강력한 실행의 힘
정성을 다한후 기적을 바라야 한다
독서는 근본적인 힘
충실히 가치있게 살아가는 삶
우회의 길 곧장 가는 것보다 빠를수 있다
말이란 듣는 사람을 향하여야 한다
함께 하는 이웃이 좋으면 행복하다
섬기며 사는 사람이 오래 산다
가던 길 계속 가는 것이 이롭다

잘 벌어 잘 쓰는 인생이 아름답게 살아가는 삶
빛을 감추고 키운 실력이 진짜 실력
인생의 행동은 마음이 원동력
침묵은 자아 성찰
스마일 미소 건강 두배
독서는 평범한 사람도 비범하게 만든다
다정한 말 한마디는 가슴속의 꽃을 피운다
자신의 분노는 남에게 옮기지 마라
죄를 고백하면 시원 하지만 사랑을 고백 하면 행복 하다
기회는 노력한 자의 것
모든 직업은 소중한 하나의 공동체
나누는 행복 꽃으로 열매다
정직은 덕으로 해야한다
백마디 말보다 한가지 실천이 소중
다양성과 개방성이 결국 경쟁력의 승부
실력 만이 나를 지켜준다
밥로 간섭을 내버려 둠 것보다 훨씬 압득우 있다
강력한 실행의 힘으로 큰 효과를 준다
쇠와바위 멈추지 않 다듬으면 좋은 작품 된다
실력 없어 상 학력 장식 하다
인생에 조용 하고 공부 사색하고 성찰 하는
행동은 생각을 만든다
삶은 여행 경험을 축적
계속 누가가게 만드는 힘은 습관
독서는 평생의 스승
인생 미리미리 준비 하며 살자
노력하는 삶속에 꿈을 이룩제 된다
무엇인가 이루고자 하면 당장 시작해라
초심
매일 반복한 작은 노력은 성공의 길